AF246943

*Essai
de critique indirecte*

JEAN
COCTEAU

—

Essai de critique indirecte

*Le mystère laïc – des Beaux-Arts
considérés comme un assassinat*

Préface de Bernard Grasset

Bernard Grasset

Paris

ISBN 978-2-246-65422-3
ISSN 0756-7170

Jean Cocteau / Essai de critique indirecte

Jean Cocteau est né le 5 juillet 1889 à Maisons-Laffitte. Dès son enfance, il eut le privilège de fréquenter les meilleurs esprits de son temps chez son grand-père, à Paris, chez lequel il s'était installé après la mort de son père. A dix-huit ans, une audition de ses poèmes est organisée au théâtre Fémina. Le succès est immédiat, ce qui lui vaudra d'être reçu dans les salons où il rencontre Catulle Mendès, Anna de Noailles, les Daudet, Proust, etc.

Des contacts avec Diaghilev l'amènent à composer un argument de ballet, le Dieu bleu (1912). La guerre arrive. Bien que réformé dès 1914, il s'engage comme ambulancier civil. Cette expérience lui inspirera Thomas l'imposteur (1923). En 1916, il rencontre Picasso et l'avant-garde : Apollinaire, Max Jacob, Reverdy, Cendrars, etc. En 1917, on donne la première représentation de Parade : Cocteau a réalisé le ballet, Satie la musique et Picasso les décors : ce sera un scandale. L'année suivante, Cocteau crée les légendaires Editions de la Sirène avec Blaise Cendrars.

La découverte de Raymond Radiguet, en 1918, est un grand moment de son existence. Cocteau aide le jeune homme à mettre au point ses manuscrits, puis devient son intime.

Leur amitié durera peu de temps : l'auteur du Diable au corps *disparaît en 1923. La mort de son ami plongera Cocteau dans une profonde dépression, il s'adonnera à l'opium et, sous l'influence de Jacques Maritain, se rapprochera du catholicisme. En 1926, il compose* Œdipus Rex *pour Stravinski. En 1929, il écrit* les Enfants terribles *en pleine cure de désintoxication. L'année suivante, il tourne son premier film,* le Sang d'un poète. *Le théâtre lui prend pratiquement tout son temps jusqu'en 1946 :* la Machine infernale *(1934),* les Parents terribles *(1938),* Renaud et Armide *(1943),* l'Aigle à deux têtes *(1946), etc. En 1937, il noue une amitié avec Jean Marais, qui devient son acteur fétiche et son être de prédilection. A partir de 1943, Cocteau réalise de nombreux films :* l'Eternel retour *(1943),* la Belle et la Bête *(1945),* Ruy Blas *(1948),* Orphée *(1950)... sans abandonner la poésie* (Crucifixion, Appogiatures, Clair-Obscur). *Ses multiples occupations (expositions de peintures, de céramiques, décoration de chapelles...) ne l'empêchent pas de produire deux petits chefs-d'œuvre en prose :* la Difficulté d'être *(1947) et* Journal d'un inconnu *(1952). En 1955, il est élu à l'Académie française. Un an avant sa mort, ce virtuose écrit l'un de ses plus beaux poèmes :* Requiem. *Il s'éteint le même jour qu'Edith Piaf, son amie, le 11 octobre 1963. Cocteau est un cas unique au XXe siècle, personne n'a autant marqué que lui à la fois le théâtre, la littérature et le cinéma.*

On s'en doute, quand Jean Cocteau se livre à un Essai de critique indirecte *(1932), c'est encore, et toujours, pour célébrer des victoires de l'art les ressources de la poésie, et les aligner dans un écrin de notes, d'aphorismes et d'anathèmes étourdissants. Le peintre italien De Chirico, qui « emploie le trompe-l'œil comme un criminel rassure sa victime », lui sert de mise à feu et de fil rouge. Ce fil pendule bientôt du côté de Picasso et de Miró... Cocteau ouvre ainsi une réflexion sur le sens de l'œuvre, de la figuration, du symbole. Il l'éclaire par des références à Stendhal ou Stravinski. Ce qui arrête et fascine ici, c'est la grâce avec laquelle l'auteur de* Thomas l'imposteur *glisse d'un peintre à l'autre (Braque, Matisse), d'un écrivain à l'autre (Baudelaire, Nietzsche), d'un musicien à l'autre (Wagner, Beethoven). Cet* Essai de critique indirecte *tient du fourreau et de la palette. Il tire l'épée et le pinceau. Il pointe profondément (« la mort est morte, tuée par le plaisir ») ; il brosse légèrement (« l'élégance consiste à ne pas étonner »). Ecrit d'une « encre à cerner les fantômes », il éblouit toujours.*

Cocteau multiplie les variations sur les analogies, les calembours, l'art comme maniaquerie, le « beau neuf », le rêve, la vitesse, l'architecture grecque. Le poète apparaît ici dans toute sa splendeur, sûr de ses pouvoirs et de ses édits. « Il y a les poètes et les grandes personnes. » Cocteau, cet éternel enfant, s'amuse : « Je suis un empêcheur de danser en rond. » Il zigzague génialement, narguant une époque « cabrée contre l'individu ».

JEAN COCTEAU écrit : « Il y a les poètes et les grandes personnes ». De même, je me plais à dire : « Un certain caractère enfantin est commun à toutes les formes héroïques de la vie ». Ce point de vue – au reste, peut-être, essentiel – que je partage avec Cocteau, me permet d'accueillir dans une collection qui m'est personnelle une œuvre qui me déroute.

*

Je voudrais dire un peu davantage. Ici encore, l'auteur m'aidera : « Lorsqu'un artiste que j'admire, écrit-il, me déroute, je fais un acte de foi ». La publication de l'*Essai de Critique indirecte* dans « Pour mon Plaisir », est un acte de foi. – Pas tout à fait cependant. « Comment se fait-il, me suis-je souvent demandé, que je partage à peu près toutes les admirations et tous les mépris de Cocteau, comment se fait-il que ce poète soit à son aise dans les plus subtils détours de ma pensée, me comprenant mieux que quiconque, et que lui, m'échappe si souvent ? » – Je crois en avoir trouvé la raison et tiens à la dire, car elle est, selon moi, la clef de son art : il se cache.

*

« Notre époque s'appellera un jour l'époque du mystère », proclame-t-il. J'aurais dit, tout au contraire : « l'époque que vinrent troubler les clartés les plus nouvelles ». Mais c'est là, à tout prendre, la même chose, dite de deux manières, plus exactement deux positions en face de la même chose. Toute nouveauté crée un trouble, et paraît même d'abord épaissir le mystère. Et c'est à ce moment que les êtres se divisent les uns s'engageant encore plus avant dans le mystère, et les autres s'efforçant vers la clarté. Ceux qui restent attachés au mystère et s'y complaisent, ne sont pas nécessairement les moins sages ; ils peuvent même servir mieux que les autres le besoin de lumière qui nous possède tous. Ils n'y ont, d'ailleurs, aucun mérite ; car il s'agit là de dispositions de l'âme.

*

De la disposition de son âme, Cocteau a fait une esthétique. Je laisse à d'autres le soin de dire le droit qu'il en avait. « Il s'agit, en somme, écrit-il, d'être invisible jusqu'à nouvel ordre, invisible, c'est-à-dire assez vue ou assez lent, ou assez dénoué, ou, assez noué, pour être mal vu de ses contemporains. » Et plus loin : « Tout chef-d'œuvre est fait d'aveux cachés, de calculs, de calembours hautains, d'étranges devinettes ». Je pourrais prolonger à l'infini ces citations : c'est tout son livre, tout au moins ce qui m'a retenu de son livre. Cocteau parle quelque part de ce « joueur de rugby, pressant le ballon contre son cœur, gagnant le but en ligne droite, et bousculant tout obstacle sur son passage ». Me permettra-t-il de lui dire qu'une certaine envie perce sous ces lignes, envie, au reste, tout humaine et naturelle. Je ne crois pas en effet que l'homme reste dans l'obscur et dans l'indirect, s'il n'y est contraint.

*

Ce n'est pas, on le pense bien, dans cette courte introduction que je puis m'étendre sur ce goût de l'énigme qui retint une filiation ininterrompue d'écrivains – et parmi les plus grands – depuis l'origine des Lettres. Qu'il me suffise ici de rattacher ce goût au besoin d'être deviné qui est le propre de l'enfance, sorte de haute pudeur ou de crainte, qu'un entourage sans compréhension peut tragiquement prolonger, – et d'où sortent parfois, par la même porte que le malheur, d'étranges chefs-d'œuvre.

BERNARD GRASSET.

Oh ! fit-elle, le hasard n'a que faire
avec vous, Rocambole.

ROCAMBOLE, Tome XVII.

PREMIÈRE PARTIE

Le mystère laïc

Chassé de ma maison par la poussière, les souvenirs, les photographies, les lettres, les fétiches de toutes sortes, probablement n'habiterai-je plus jamais nulle part. Sur la cheminée *de cet endroit-là*, je voudrais mettre ces notes et mon étude sur Picasso.

Je me réserve de vivre et de faire l'amitié (plus difficile à faire que l'amour) en face de ces portraits de famille auxquels je dois reconnaissance et respect.

*

La famille paternelle de Chirico : oncle et tante fous. L'oncle poussait une chaise devant lui pour éviter de tomber dans un précipice. La tante Olympe dénouait sa chevelure, s'agenouillait devant un canapé, s'y roulait la tête jusqu'à devenir chauve. De tels antécédents contribuent à enlever tout caractère pittoresque à l'œuvre de Chirico.

*

Le frère de Chirico, Savinio, était musicien et poète. Il se mit à peindre. Un amateur naïf se demande lequel des deux frères s'inspire de l'autre et pourquoi ils s'influencent. Or, ils s'authentifient. Savinio prouve qu'un esprit de famille et des souvenirs d'enfance dirigent Chirico. Deux frères nourris en Grèce et d'origine italienne surveillés d'une Acropole par leur mère, assise en robe d'Opéra sur une chaise de bal, avec un bouquet de roses à la main.

*

Le nouveau procédé par lequel on décape les toiles en Angleterre exige l'emploi du chloroforme. On opère la toile endormie.

Des spécialistes en blouse blanche ont endormi la bataille d'Ucello. Au réveil elle avait perdu cet air d'œil crevé à quoi le public reconnaît les chefs-d'œuvre. Depuis, je ne peux voir les tableaux de Chirico sans me dire qu'ils dorment.

*

Le sommeil du protoxyde d'azote, employé par les dentistes, ne donne pas au patient l'impression de devenir insensible, mais sensible à tel point que l'extrême douleur de notre monde serait encore trop grossière, trop peu délicate pour lui. C'est cette sorte d'insensibilité où le sommeil plonge les œuvres de Chirico.

*

Certaines perspectives de Chirico font mieux que dormir. Elles furent, entre nous, médusées. Victimes, à la lettre, du chef grouillant, des boucles immondes, du regard d'opale de la Gorgone.

*

La fontaine Perseia de Mycènes ; pourquoi cette eau n'est-elle pas une eau pétrifiante ? Il devrait suffire de s'y mirer.

Après la défaite d'une ville conquise, Persée errait dans un véritable salon de sculpture. Il croisait, sur des esplanades, le peuple et la famille royale de Chirico.

*

Un homme qui tombe par la fenêtre est un homme qui rapetisse et s'arrête brutalement de rapetisser, dans une pose de mannequin. Un homme qui s'éloigne est un homme qui tombe avec douceur et, au lieu de s'écraser, s'évapore comme un nuage. Toutes les perspectives de Chirico sont des chutes.

*

Un accident d'automobile, une catastrophe de chemin de fer sont les chefs-d'œuvre de l'inattendu. On voudrait voir au ralenti la vitesse et l'immobilité tordre le fer avec des doigts de modiste.

*

Une maison photographiée ou cinématographiée ne se ressemble pas. Même lorsque rien ne bouge, le cinématographe enregistre encore quelque chose. Rien n'intrigue plus que la photographie au milieu d'un film. Il faudrait l'employer pour saisir des personnages sous l'influence de la peur [1].

Parmi les autres toiles, les toiles de Chirico ont cet

---

1. Je l'ai fait dans *Le Sang d'un Poète*.

air changé en statue, ce calme antique des accidents qui viennent d'avoir lieu et montrent la vitesse surprise par l'immobilité sans avoir eu le temps de faire ses préparatifs.

*

L'horreur d'un accident qu'on découvre sur sa route provient de ce qu'il est de la vitesse immobile, un cri changé en silence (et non pas du silence après un cri). On reconnaît tout de suite les morts à cette attitude grotesque et qui ne donne aucune envie de rire. Un tableau de Chirico perpétue le passage brutal d'un état à un autre. La singularité de position des objets hétéroclites ne nous fait pas rire ; c'est ce groupe de mannequins poussiéreux sur la nature desquels, à défaut du regard, l'âme humaine ne se trompe jamais.

*

Une nuit, je suis tombé sur un accident tout frais, en revenant de Nice à Villefranche. Mes phares éclairaient les décombres, les morts. Je *voulais* voir des bagages et, même, le nez dessus, des personnes évanouies. Mais je savais. Ce qui reste en nous d'animal reconnaît la mort.

*

Hier est morte Isadora Duncan. Ce drame rejoint l'ordre de choses qui nous préoccupe. Il exige une complicité trop étroite entre une crapuleuse petite voiture de courses et un châle rouge, pour ne pas éveiller nos soupçons. Ce châle détestait la victime. Je l'ai souvent vu se prendre dans les portes d'ascenseurs, de bars, s'accrocher aux branches.

Je distingue bien l'intérêt du châle ; étrangler Isadora et lui réserver cette mort de Jocaste prédite par la Duse. Mais celui de la voiture ? Or, en dernière heure, on annonce l'acquisition de cette voiture par un collectionneur américain.

P.-S. – Après coup on annonce l'achat du châle. Peut-être les objets criminels ont-ils trouvé le moyen de se réunir.

*

Dans les coulisses de la Renaissance, l'orthopédie, l'anatomie, pour entrer en scène, n'attendaient qu'un signe de Chirico.

*

La vie d'un homme pur ne doit être faite d'aucun acte qui se puisse légitimer sans effort devant les tribunaux, et les tribunaux ne valent jamais l'effort d'un homme pur. Un homme pur cesse de l'être dès qu'il combine, dès qu'il accepte une position favorable et profite d'un parti.

Je ne vois pas un seul motif du peintre dont je m'occupe qui pourrait avoir l'air innocent aux yeux des juges, plaider sa cause et sauver sa tête. Il n'y avait personne sur le lieu du crime. Le moindre biscuit sec viendrait témoigner contre lui.

*

La poésie c'est l'exactitude, le chiffre. Or les gens trouvent l'inexactitude poétique, romanesque. La foule adore l'inexactitude avec l'air vrai. Je me demande si les journaux de chantage relatent des faits inexacts parce qu'ils les apprennent de quatrième main, ou s'ils faussent le vrai par une profonde connaissance du goût public.

Le public devine une réalité derrière l'apparente ir-réalité d'un Chirico. *Il ne marche pas.*

*

Picasso. Chirico. Les futuristes. Les expressionnistes. La jeunesse les combine, les raffine. Elle n'arrive pas plus à en sortir que de Ducasse ou de Rimbaud.

Combien plus m'intrigue Christian Bérard qui tâ-tonne et cherche le bouton de porte pour sortir. Trop de fils légitimes d'un mariage bourgeois entre Picasso et Chirico.

*

Juger LE RAPPEL A L'ORDRE au point de vue esthéti-que, c'est confondre des outils avec des objets d'art.

*

Il ne m'intéresse pas d'établir si Chirico peint mieux ou plus mal, s'il se répète ou s'il invente. Ce serait me placer au point de vue esthétique. Or, Chirico m'intéresse au point de vue éthique. Il me prouve l'existence d'une vérité de l'âme, n'ayant jamais de pittoresque avec tous les éléments qui le suscitent.

*

Un grand artiste est inhumain, végétal, bestial. S'il essaie de parler, ses tentatives nous bouleversent. Stravinsky dans le SACRE, c'est un arbre qui pousse. Le Stravinsky de l'HISTOIRE DU SOLDAT, de la SERENADE, d'ŒDIPUS-REX, c'est l'arbre qui essaie de parler et qui parle.

Chirico parle toujours. Il parle souvent par l'entremise d'un ventriloque. Quelquefois il parle seul ; Ensuite il retombe. Rien n'est plus émouvant que l'animal qui cherche à retrouver le secret de la parole humaine qu'il avait découvert et qu'il a perdu.

*

Chirico enlève son corset orthopédique et ne se cache plus derrière le métier italien du trompe l'œil.

*

L'audace se forme en marge des audacieux. On trouve audacieux un homme qui prolonge une vieille audace. Tout le monde s'est cru supérieur de 1920 à 1927 parce que l'art obscur entrait dans sa période rococo.

*

Un Picasso avalait des sabres. Cela lui laisse un goût amer dans la bouche. Un Miro suce des sucres d'orge et les met en pointe. La pointe est toujours plus fine ; mais le sucre d'orge est toujours plus court.

*

Ce qui sauve Miro ; sa ligne vivante. Il lui suffit de faire une croix pour crucifier.

*

L'influence sur Miro des premiers dessins animés : FELIX LE CHAT.

*

J'estime que l'art reflète la morale et qu'on ne peut se renouveler sans mener une vie dangereuse et donnant prise à la médisance. Voilà le seul mur entre Maritain et moi. Au fond il pense que l'art est un jeu dangereux, une caricature de la création, un casse-cou, et que la morale est stable, établie une fois pour toutes.

C'est exact s'il regarde en arrière ce long règne d'esthétisme et de cruauté où le cœur semblait ridicule et dont la glace commence à fondre. Mais tout change. Au code plastique succède une plastique morale qui ne se juge pas avec l'intelligence. La critique nouvelle exigera l'emploi du cœur ; c'est dire qu'elle deviendra d'un commerce moins facile et finira par disparaître. Un des mérites de Chirico, c'est d'avoir, en pleine période plastique, compté davantage sur la morale que sur les problèmes visuels qui aboutissent fatalement à la préciosité.

*

L'esthétique de Dieu échappe au jugement.
Utilité d'un crime, d'un sinistre dans son œuvre.

L'homme est à l'image de Dieu. Lorsqu'un artiste que j'admire me déroute, il s'agit de faire un acte de foi.

*

Pourquoi je n'ai pas envoyé OPERA aux critiques. Par politesse. Il ne faut y voir aucune morgue. Le temps dont ils disposent ne leur permet pas de résoudre les énigmes.

*

Clarté de poème n'est pas clarté de prose.

*

La brièveté, la précision, la promptitude, le contour, voilà de quoi nous faire prendre pour des écrivains hermétiques.

*

Il ne s'agit pas de regarder sans comprendre et de jouir gratuitement d'un charme décoratif. Il s'agit de payer cher et de comprendre avec un sens spécial : le sens du merveilleux.

*

Les gens exigent qu'on leur explique la poésie. Ils ignorent que la poésie est un monde fermé où l'on reçoit très peu et où il arrive même qu'on ne reçoive personne.

*

Stravinsky me dit un jour qu'il fallait avoir de l'indulgence pour les auditeurs puisque, si on lui avait présenté l'année dernière ses œuvres actuelles, il aurait haussé les épaules. J'avoue à ma honte, distrait par le magnifique spectacle de Picasso, m'être trompé sur la musique du MERCURE de Satie, et avoir pris ce chef-d'œuvre pour une petite chose. Peut-être aurait-il fallu marier Picasso avec un autre musicien ou le laisser agir seul et marier Chirico avec Satie.

*

Artistes singuliers, artistes pluriels. Rimbaud singulier, Hugo pluriel. C'est de naissance. L'œuvre la plus simple d'un artiste singulier ne touche pas le gros public. Il arrive qu'après sa mort un artiste singulier prenne un air pluriel à cause des fautes de goût qui rendent une partie de son œuvre visible. Baudelaire : les femmes étranges, les parfums, l'exotisme, les charognes, les alcôves. Un artiste pluriel est presque toujours un politicien. MERCURE de Satie. Type de l'œuvre singulière sans aucun élément impur qui lui permette d'atteindre le gros public.

*

Victor Hugo était un fou qui se croyait Victor Hugo.

*

Le charme sans ennui des civilisations qui se mélangent. Un Bouddha au torse et aux boucles grecs. Les masques d'Antinoë, visages romains qui savent garder les yeux grands ouverts dans la mort, à la mode égyptienne, comme les plongeurs dans la mer. Sommeil, mort, haltes ! Au reste, la grande beauté balance toujours entre la vie et la mort. Figures tombales, dormeurs, nous attirent même lorsque la fatigue nous accable dans les musées.

Il est arrivé que me parlait, en Chirico, le mélange des perspectives italiennes et du miracle grec, lorsque rien ne me parlait plus.

*

Les imaginations de Chirico se présentent de face. Elles nous suivent partout comme ces portraits dont le regard est ingénieusement peint au milieu. Il est à remarquer, dans la littérature, que Stendhal, entre autres, traite ainsi ses personnages. Il en résulte que les lecteurs les plus différents se reconnaissent dans Julien Sorel et se disent à chaque ligne du ROUGE ET LE NOIR : « C'est moi. » Un Dostoïevsky peint de trois quarts, d'en dessous, d'en dessus.

On admire le jeu d'ombres et de perspectives. On ne se sent pas gêné par un œil. (Sans doute si j'étais Russe, écrirais-je le contraire.)

*

« Nul n'est poète s'il n'a des ailes, encore qu'il faille redouter que Pégase s'égare dans les hautes solitudes où lui seul serait son spectateur. » (VOYAGE DE SPARTE).

Prudent Barrès ! Il y a pourtant un moyen. Pourquoi le héros, donneur de conseils, n'enfourche-t-il pas le cheval ? Hélas ! une solitude n'est pas longue à cesser de l'être. Les transports s'organisent vite et les palaces ; mais on ne commence pas par là. Chirico ! Picasso ! Le cheval qui s'est le moins soucié d'être un spectacle.

A ce compte on garde une solitude même après que le monde est venu. Picasso la garde à force d'être plein, Chirico à force d'être vide. Ces deux obstacles empêchent le public d'entrer.

*

L'abbé Bremond prend pour de la poésie pure une forme plus ingénieuse de la poésie explicative. Naturellement il traite les purs poètes de mystificateurs. S'il parlait de peintres, il prendrait l'impressionnisme pour de la peinture pure. Picasso deviendrait un peintre décoratif, Chirico un peintre d'anecdotes, les primitifs des incrédules.

« *La fille de Minos et de Pasiphaé* » nous renseigne sur les origines de Phèdre. C'est un de ces alexandrins comme on en rencontre beaucoup dans les lettres du peuple : « *La fille d'Agénor et de Léocadie.* »

Il cite comme exemple de poésie musicale et dénuée de sens : *Orléans, Beaugency, Notre-Dame de Cléry, Vendôme, Vendôme.*

Voici la chanson exacte, chantée par le peuple sous les fenêtres de Charles VII, démuni de provinces :

> *Mes amis, que reste-t-il*
> *A ce dauphin si gentil ?*
> *Orléans, Beaugency,*
> *Notre-Dame de Cléry,*
> *Vendôme !*
> *Vendôme !*

Avant la T. S. F., qui en fait une scène de revue, la scène de la cycliste, des MARIÉS, était un exemple de poésie pure. C'est dire combien cette pureté poétique est fragile. Un rien la fausse. Il est rare qu'une œuvre gratuite le reste et ne se charge pas de sens. Les plus grandes solitudes sont vite jonchées de papiers gras.

Picasso, toujours lisible, est lu à la longue, mais les yeux lisent autre chose que ce qui est écrit. Sur les places et sous le soleil noir de Chirico, nos dilettantes installent la mélancolie de Dürer.

*

Il arrive à Picasso de peindre une jeune fille. Tiens ! lui dit-on : une cage, des pommes, un buste, une fenêtre ! C'est exact. Il avait fait une nature morte sans le savoir.

*

Une œuvre réunissant les qualités de fraîcheur et de mise au point risque d'être trop ronde et de rouler à toute allure vers le trou du grand public. Ainsi, un La Fontaine, un Andersen sont-ils allés à l'enfance, aux gares un Gaboriau. Il est difficile de sortir un écrivain de cette ombre qu'est une trop grande lumière [1].

Stendhal, Gobineau plaisent à l'élite dans la mesure où ils manquent leurs chefs-d'œuvre. La boule n'est pas ronde. Après quelques tours elle s'arrête sur la face d'un de ses défauts et les délicats peuvent l'environner, la toucher, la discuter à leur aise.

Les délicats goûtent l'imparfait. Ils y trouvent leur

---

1. Zola, poète méconnu.

compte. Aussitôt, un club Stendhal s'organise. Or, vous trouvez la preuve que les vraies beautés de Stendhal leur échappent dans le fait que des beautés équivalentes les laissent froids. Qui se doute que Gaboriau est un écrivain ? Il a fallu un livre oublié dans un wagon pour que je découvre cet homme illustre.

(Raphaël est le type du peintre qui échappe au bel esprit par sa perfection même. Mlle Bashkirtseff le méprise.)

*

Il arrive aussi que le métier donne aux œuvres un aspect fini, bouclé, fermé à triple tour, qui empêche les délicats d'entrer et de jouer un rôle.

Matisse, chez qui le métier est un génie, n'a donc pas l'air d'en avoir. C'est pourquoi ce grand peintre plaît tant. L'amateur s'imagine qu'il peut finir la toile et qu'elle exige sa collaboration. Picasso, Chirico glacent le public. On dirait qu'il voit sur les natures mortes de Picasso : *Prière de ne pas entrer*, sur les rues de Chirico : *Sens interdit*. Mais ce bloc ne risque pas de disparaître sur la pente que j'ai dite, nos peintres ayant pris soin de ne pas donner à leur perfection la forme d'une boule.

*

Le meilleur poème de Baudelaire s'est démodé dans la mesure où Baudelaire travaillait avec l'avant-garde, approuvé par elle. Le meilleur poème de Rimbaud reste jeune parce qu'il travaillait contre l'avant-garde.

*

Une chose permise ne peut pas être pure.

*

L'illégal me va.

*

Aussitôt qu'un élève quitte la classe, on dit qu'il se récrée.

*

Il y a des œuvres souriantes de Chirico avec du ciel, des oriflammes, des mirlitons, des bouchons de pêche. Si on les contournait, on verrait un revolver contre la toile et on entendrait une voix dure : *Souriez, ou je tire.*

Voilà pourquoi ces œuvres souriantes nous adressent un regard anxieux.

*

Beaucoup de toiles de Chirico sont aveugles, mais il n'en est pas de sourdes. On nous affirme que les sourds sont plus tristes que les aveugles. Cependant le sourd est un personnage de comédie et l'aveugle un personnage de tragédie.

*

L'humaniste inhumain.

*

Un ami dort contre nous, plat comme une arme à feu, le chien derrière, la gâchette de notre côté. Il suffirait d'un geste maladroit du rêve.

*

Dès qu'on cesse de regarder une ville de Chirico, Madame X... tourne le coin d'une rue, traverse, sort une clef de sa poche et entre dans sa maison.

*

Une nuit de lune, je marchais sur le trottoir de droite. On entendait mes pas sur le trottoir de gauche et, dans un immeuble, une sonnerie de téléphone carillonner.

*

Chirico est un poète. Or je ne trouve pas qu'il me dérange. Il paraît que j'ai beaucoup fâché certains artistes à cause d'une interview. On y annonçait que je sculpte. En réalité, je ne sculpte pas. Plutôt je cherche à dessiner dans l'espace avec le laiton neigeux des débourre-pipe. Mais si je voulais sculpter, je sculpterais. Il arrive que l'encre m'écœure. La poésie s'exprime comme elle peut. Je lui refuse des limites. Je suis libre. J'ai fait un film; dans cette époque sans patries, j'ai sauté le mur des langues. Je ne suis pas un poète à buts. Je ne cherche ni les places, ni les récompenses, ni l'admiration. L'admiration me laisse froid. Mon œuvre exige l'amour; j'en récolte. Comme dit Antigone : *Le reste m'est égal.* Si je fâche, si je mécontente, si je dérange, ma foi tant pis. Je déteste qu'on danse en rond. Je suis un empêcheur de danser en rond.

*

Dans une toile de Chirico, les objets ne se sont pas donné rendez-vous.

*

Pour l'opérer, Chirico endort Vénus au chloroforme.

*

Je me retournai brusquement. Un beau jeune homme traversait une place vide à bicyclette, en roue libre. Il était tout nu et portait un chapeau melon. C'était Mercure.

*

LE SANG D'UN POÈTE ne contient aucun symbole. Les gens symbolisent après. L'œuvre se compose de faits qui s'enchaînent selon la logique du monde, ni meilleur ni pire, mais autre, où vivent les poètes.

*

Un homme absolument distrait serait un homme disant : Tiens, j'ai rencontré ce matin... et décrivant une machine qui n'existe pas encore.

*

Faute de places libres devant les chefs-d'œuvre du Louvre une dame installe son chevalet devant le gardien de salle qui dort sur une banquette. Après deux heures de travail attentif, elle achève une excellente copie de la Joconde.

*

Je suis retourné voir Barbette à l'Empire. Les années l'obligent à compter moins sur un prestige naturel et à dépenser plus de science.

Dans mon étude : UNE LEÇON DE THÉATRE, je n'insiste pas assez sur le côté fatal du numéro.

Est-ce à cause des pâleurs scélérates du musée Grévin ou Dupuytren, des demi-mondaines étranglées dans leur lit, de l'admirable mort d'Isabelle des Guerrets (FANTOMAS), de la chute des anges, du danger qui enveloppe les gymnastes, mais Barbette a l'air d'un crime. (Il m'avait servi de modèle pour écrire le rôle de la mort, dans ORPHÉE).

Avant Barbette, un petit garçon imitait un célèbre chanteur de café-concert. Je n'ai jamais entendu ce chanteur, mais je trouvai l'imitation ressemblante.

La poésie imite une réalité dont notre monde ne possède que l'intuition.

*

Georges de Chirico, personnage de Mantegna. Il regarde en dehors du cadre, indifférent au supplice, parmi les croupes de chevaux et les jeunes gens ridés qui, pour tendre leur arc, s'appuient sur des fragments de statues cassées par terre.

*

On parle toujours d'art religieux. L'art *est* religieux. Une vraie crucifixion résulte des colères de Picasso contre la peinture. Œuvres faites de clous, de linges, de déchirures, de bois, de sang, de fiel.

Chirico ne se met jamais en colère. Le calme de son œuvre est celui des archers de primitifs qui assistent à un supplice et regardent en dehors du tableau.

*

L'élégance consiste à ne pas étonner. Les paysans d'Ecosse chassant et pêchant des gibiers malins, se vêtent comme la saison, se confondent avec les bruyères et les brumes, finissent par prendre la tenue parfaite du paysage. Un Odilon Redon effarouche la poésie ; elle se sauve. Un Chirico se fait poésie, prend, par métier, la tenue morale capable de donner le change au mystère, de l'approcher, de l'apprivoiser, de l'attraper sans effort.

*

On croit que réalistes sont les fous qui remplissent les musées. Un musée est une morgue. La seule chance de s'émouvoir est d'y reconnaître un ami. Un ami derrière le cadavre. Une belle toile est un témoignage d'activité morte. Dans ces courses épuisantes à travers des salles qui puent la mort, on ne retrouve ses jambes que devant les œuvres singulières.

Quelle erreur de croire que les chefs-d'œuvre sont simples ! Un Poussin, un Claude Gellée, un Corot, un Ingres, nous réconfortent. On se demande par quel miracle on conserve ces farceurs-là. Sans doute une sorte de fausse ressemblance avec la réalité trompe le monde, comme Radiguet trompait le monde parce que son génie avait l'air d'être du talent. Ou bien alors, j'exige une ressemblance hallucinante. Allez revoir les masques d'Antinoë au Musée Guimet. Ils ne sont pas à la mode. C'est ce qui les sauve du luxe et les laisse vivre dans la pénombre, sur des socles d'une peluche rouge irréelle, chiffonnée, passée, argentée de poussière blanche.

*

Picasso trompe l'esprit. Je veux dire que de piper nos oiseaux il inventa raisins dignes. Chirico emploie le trompe-l'œil comme un criminel rassure sa victime : « Ne craignez rien. Vous voyez, il y a une sonnette, la fenêtre n'est pas une fausse fenêtre, la porte est ouverte, vous n'avez qu'à appeler... »

La première chose qui frappe au Louvre, c'est la patience, les œuvres bien faites. N'oublions pas la patience des fous, leur respect du détail. On a honte de la tête de Claude Monet par lui-même. La folie ni la sagesse n'ont que faire avec ce barbouillage prétentieux.

*

Au Luxembourg, une fois salués Renoir et Manet, on ne regarde sans dégoût, médiocrité pour médiocrité, que les toiles bien faites ; par exemple *le Professeur X... opérant au milieu de ses élèves.* Les toiles des peintres qui riaient de ces toiles bien faites sont devenues ridicules.

Chirico peintre soigneux. Il emprunte au rêve cette exactitude de l'inexactitude, cet emploi du vrai pour plaider le faux. Il transporte soigneusement la réalité de son esprit sur sa toile comme les primitifs copiaient les miracles. Faute d'avoir à transmettre sa foi, il transmet sa bonne foi.

*

Notre époque s'appellera un jour l'époque du mystère. On peint du mystère comme on peignait le cirque. Chirico est un peintre du mystère. Picasso est un peintre mystérieux. Son mystère vient de ce qu'il est un grand peintre et que toute grandeur est mystérieuse. Mystère de l'élégance : ADOLPHE, LA PRINCESSE DE CLÈVES, LES FABLES DE LA FONTAINE, LE BAL DU COMTE D'ORGEL, aussi mystérieux que l'IDIOT, UNE SAISON EN ENFER, MALDOROR.

L'élégance beaucoup plus que l'obscurité rend une œuvre invisible. Picasso est l'élégance même. Cela lui assure l'invisibilité. Pour la première fois l'artiste posait l'esprit devant l'objet, au lieu de poser un miroir, même un miroir déformant. L'œuvre de Picasso est déguisée, masquée, donc mystérieuse. Il intrigue. Mais Chirico est peintre de mystère. Il substitue aux portraits de miracles, par quoi les primitifs nous étonnent, des miracles qui ne relèvent que de lui.

L'incrédulité, dont le premier stade est la platitude, oblige vite l'artiste à remplacer par un lyrisme inventif le mysticisme des peintres religieux qui *copiaient les miracles*. Il ne faut pas confondre un martyr qui porte sa tête et un mannequin qui marche par la seule volonté du peintre. Chirico est, en somme, un peintre religieux. Un peintre religieux sans la foi. Un peintre du mystère laïc. Il lui faut des miracles. Son réalisme l'empêche de peindre des miracles auxquels il n'ajouterait pas foi. Il faut donc qu'il en produise en dépaysant des objets et des personnages.

*

Le vrai réalisme consiste à montrer les choses surprenantes que l'habitude cache sous une housse et nous empêche de voir. Notre nom n'a plus forme humaine. Aucun de nous ne l'entend. Il arrive qu'un facteur qui nous réveille en le criant dans un couloir d'hôtel, une caissière qui nous le demande, des élèves qui s'en moquent en classe, arrachent la housse et découvrent brusquement ce nom, détaché de nous, solitaire et singulier comme un objet inconnu. Un fauteuil Louis XVI nous frappe devant le magasin de l'antiquaire, enchaîné sur le trottoir. Quel drôle de chien ! C'est un fauteuil Louis XVI. Dans un salon on ne l'aurait pas vu.

Chirico nous montre la réalité en la dépaysant. C'est un dépaysagiste. Les circonstances étonnantes où il place une bâtisse, un œuf, un gant de caoutchouc, une tête de plâtre, ôtent la housse de l'habitude, les font tomber du ciel comme un aéronaute chez les sauvages et leur confèrent l'importance d'une divinité.

*

La justesse de rapports, voire les plus saugrenus, fait toute la différence avec le saugrenu décoratif. Tout ce qui est beau est vrai, d'une réalité qui dénonce un autre monde. Nous constatons le poids de cette vérité sans autre contrôle que le sentiment qu'elle existe, sentiment de confort moral. Il est même rare que cette vérité ne trouve pas un jour une réponse familière dans notre monde et perde ainsi son merveilleux. Je ne parle pas des symboles. Les esprits simples en affublent tout ce qui les gêne ; c'est pour eux une manière de se rassurer.

Je le répète, dans les MARIÉS DE LA TOUR EIFFEL, la scène de la cycliste a pris un sens fin, c'est-à-dire grossier, depuis l'invention des concerts de radio sur la Tour Eiffel.

Allégorie, contraire du symbole.

*

Cette vérité céleste et qui ne symbolise pas donne à certaines œuvres un ton prophétique. Par exemple : Blessure d'Apollinaire mise d'avance en place par Chirico sur la tempe du poète, et, un jour, chez Dullin, drapant l'étoffe blanche du prologue d'ANTIGONE autour d'un mannequin de couturière, auprès d'une table couverte d'accessoires d'architecte, je me trouve soudain nez à nez avec un tableau de Chirico.

*

A Rome, en 1917, je ne regardais pas Rome. Je n'avais d'yeux que pour mon collaborateur. Nous habitions un hôtel qui fait la roue par-derrière avec son jardin et qui, par-devant, donne sur la place du Peuple. Impossible de voir les chefs-d'œuvre. Il suffisait que nous décidions de visiter une église, un palais, pour nous casser le nez contre une pancarte.

La nuit, nous quittions l'hôtel *Minerva*, où habitaient les danseuses russes, et nous traversions une ville faite en fontaines, en ombres, en clair de lune.

Tout changeait d'échelle. On visitait les coulisses de Rome. On voyait comment elle est plantée.

J'ignorais Chirico. Il m'aurait aidé à déchiffrer

Rome, principalement vide, au clair de lune, s'il avait pu me distraire du spectacle de Picasso.

*

Je sortais du VOLEUR DE BAGDAD, film de mauvais goût, avec de jolies machines (entre autres un charmant tapis-volant). Une dame à une autre : « Je n'aime pas ça. J'aimais mieux LES TROIS MOUSQUETAIRES ; au moins, c'est arrivé. »

*

Une spectatrice supporte le cheval d'ORPHÉE, la mort, les gants de la mort, le fait que la mort sorte du miroir. Mais au moment où Orphée entre dans le miroir, elle se révolte. « Ah, ça non ! » s'écrie-t-elle tout haut.

*

La France déteste la poésie. Ce qui sauve mon ORPHÉE, c'est que les Français le prennent pour une pièce comique. *Meine narth ist licht.* ORPHÉE, c'est la première fois qu'on montre de la nuit en plein jour. En France, un personnage qui sort d'une glace ne peut sortir que d'une armoire à glace [1].

J'ai vu, hier soir, à l'*Empire*, un spectacle qui documente sur les progrès de l'intelligence. « On est moins naïf aujourd'hui. » Autant dire que l'incrédulité du public parisien est telle qu'il ne croit même plus aux prestidigitateurs. Or une ville de grandes personnes est une ville morte.

---

1. Boubouroche.

Il s'agissait de M. Maskelin, directeur du *Mystery-Theater* de Londres. M. Maskelin pose une plaque de verre sur le dossier de deux chaises et bâtit sur cette plaque, devant nous, avec des planches qu'il montre pile et face, une petite armoire de soixante centimètres de haut sur un mètre de large. Cette armoire est ouverte au sommet. Il y enferme une sonnette et lui ordonne de sonner. La sonnette sonne. Puis, une main invisible agite la sonnette par l'ouverture du haut. Cette même main (invisible) empoigne un tambour de basque et rejette un mouchoir dehors après l'avoir noué trois fois.

Le public de l'*Empire* riait et sifflait. *Il y a quelqu'un*, criait-on. Or, le tour ne porte pas sur le fait qu'il n'y a personne, mais sur le fait que quelqu'un se trouve entre des planches où sa présence est inexplicable à cause de leur isolement. *Il y a quelqu'un, il y a quelqu'un, assez! assez!*

Ce public, cruel et stupide, était incapable de porter son esprit sur le point qui faisait de ce tour une énigme. Il s'hypnotisait sur la présence humaine, à force de platitude, de désordre dans le jugement.

Edgar Poe consacre une longue étude à résoudre le problème du JOUEUR D'ÉCHECS de Maëlzel et à prouver la présence d'un homme. Cet automate intrigua le monde entier. Aujourd'hui on le conspuerait au premier coup. On crierait : *Il y a quelqu'un! il y a quelqu'un!* malgré la bougie promenée dans le corps et dans la caisse par le manager de l'automate.

Où donc avais-je déjà entendu ces rires fats, ces rires élégants, ces *assez! assez!* d'esprits forts auxquels on ne la fait pas? Je me le demande. Et soudain je retrouve : c'était en 1917, au *Vieux Colombier* où Paul Guillaume, un des premiers défenseurs de Chirico, présentait quelques-unes de ses toiles. *Il y a quelqu'un, il y a quelqu'un !* Ces cris m'éclairent les rires de cette salle d'intellectuels en face d'une ville déserte de Chirico.

*

Sinon un certain air solennel, les toiles de Chirico n'empruntent pas au rêve. Plutôt ses toiles semblent dormir et ne rêver à rien. J'aime qu'un jeune peintre (Christian Bérard) peigne un dormeur au lieu de suivre la mode et de peindre un rêve. L'homme qui dort et ne rêve pas, ou rêve trop profondément pour se souvenir de ses rêves, m'émeut beaucoup. Les rêves sont la littérature du sommeil. Même les plus étranges composent avec des souvenirs. Le meilleur d'un rêve s'évapore le matin. Il reste le sentiment d'un volume, le fantôme d'une péripétie, le souvenir d'un souvenir, l'ombre d'une ombre. Ce malaise n'a pas plus de valeur que ces dessins de table d'hôte, exécutés par plusieurs personnes, au moyen d'un papier plié. Au réveil, nous assistons à nos rêves comme un spectateur qui écoute une pièce dans une langue étrangère.

Pour qu'un rêve garde sa force et vive comme une plante de mer dans la mer, il faudrait un appareil qui l'enregistre dans le sommeil.

Je félicite Chirico de composer avec les procédés du sommeil au lieu de copier du sommeil.

*

En décrivant ses rêves, on retombe dans l'erreur qui consistait, en 1916, à décrire les machines. Prendre exemple sur les machines et sur les rêves. Composer un poème avec le mécanisme du rêve. Une figure qui en devient une autre. Un mot qui change de sens en cours de route. Voler et voler.

*

Chez Max Jacob le calembour est musical. Chez Marcel Duchamp un gâtisme hautain. On me reproche trop les calembours d'Opéra, pour que je ne m'explique pas en quatre lignes. *L'ami Zamore de Mme du Barry*, c'est un fait. *La mise à mort de Mme du Barry*, c'est un oracle. J'ai voulu rajeunir la tradition du calembour grec. La métaphore est un calembour mal noué. Je serre le nœud jusqu'à ce que le doigt ne sente plus rien sur la corde.

On s'apercevra vite que mes calembours n'étaient pas l'esprit mais le cœur de mon livre.

*

En 1921, j'avais la manie de chercher une de ces cannes à bec comme en portaient nos grands-pères et dont le bec est d'une seule pièce avec la canne, au lieu d'être rapporté artificiellement. Or on ne trouve que des cannes à bec rapporté ou à bec courbe.

Une nuit, je rêve que je visite Harrow et que, dans une échoppe avec un crocodile en montre, je trouve trente de ces cannes. Une potiche les contenait. Un vieil homme m'en demande 50 francs. Chacune de ces cannes se termine par un grelot qu'il coupe ; je me réveille.

Le lendemain, je raconte mon rêve à Radiguet et je propose de partir pour Harrow. Il aimait les choses absurdes et il me croyait. Nous partons. Nous avions calculé sans le change. Nous arrivâmes à Londres les poches vides. A la gare Victoria, je me trouve face à face avec Reginald Bridgeman, un de mes amis qui habite la campagne anglaise et que je n'avais pas avisé de mon voyage. Il nous emmène et nous loge. Je lui raconte mon rêve et lui demande où se trouve Harrow. C'est, me dit-il, la première station après la mienne; nous irons demain. C'était mon collège. Votre échoppe n'existe pas. Au reste, demain dimanche vous ne trouverez aucune boutique ouverte.

A Harrow, nous déjeunons à l'hôtel de la *Tête du Roi*. Après le déjeuner, nous montons la grande rue en ruines (on la reconstruisait). J'avise une échoppe ouverte, à la vitrine de laquelle pendait un sac de golf en crocodile. J'entre. Je trouve mes trente cannes dans la potiche. Je les paie 50 francs au vieillard. Les grelots étaient les ferrures déclouées qu'il recloua d'un coup de marteau sur chaque.

*

Les rêves prophétiques sont peu fréquents. Presque toujours, l'étrangeté du rêve est de l'art. Impureté des actes du rêve. Mêler deux couleurs pour en obtenir une troisième. Le rêve mélange des souvenirs, obtient une actualité sans rapport avec aucun des souvenirs qu'il mélange.

*

Dans les rêves on ne rêve pas escalier ou chambre, on rêve une chambre et un escalier. Leurs moindres détails. Réalisme du rêve. Réalité poétique.

Cette nuit, dans la petite chambre où une Mme Poumeau m'avait permis de monter finir ma barbe, car je marchais couvert de savon dans la rue (c'était, dit-elle, une chambre qu'elle louait à des étudiants), il y avait, comme crémaillère au milieu de la cheminée, une de ces jambes de gendarme qui pendent à droite et à gauche des chevaux à jupons. Je me demandais le pourquoi de cette jambe et c'est seulement au réveil que je compris qu'elle devait être le reste d'une farce d'étudiants, le souvenir d'un monôme, d'un bal d'école.

*

Certaines statues grecques portent des verres fumés pour que le soleil n'achève pas de les rendre aveugles.

*

Jocaste vient de se pendre. La peste bat son plein. Tout le monde est rentré dans les maisons et Thèbes ferme ses volets en signe de deuil. Œdipe reste seul. Comme il est aveugle on ne le voit pas *(sic)*. C'est un objet ; un objet d'horreur : un œuf, une pomme, une équerre, au premier plan de la ville.

*

Un généreux Américain parle d'offrir des membres articulés aux statues grecques du Louvre.

*

Quand on invente, il est agréable d'apprendre que les mêmes inquiétudes dirigeaient le travail d'artistes qu'on ne connaissait pas. Les âmes basses prennent ces coïncidences pour des vols et se plaignent. Une âme haute y trouve la preuve de nécessité. Lorsque je pensai à rajeunir la Grèce, à opérer cette vieille cantatrice, à retendre sa peau (travail d'ANTIGONE, d'ŒDIPE), j'ignorais que Chirico allait asseoir sous une brume blanche, au bord de la mer, ces grandes figures à tête d'œuf, prises dans des paquets de fil de la vierge et dont la poitrine ouverte découvre le cœur monumental.

Nous les vîmes ensuite chez Rosenberg. Ces trophées, ces boîtes, cet échafaudage d'entrailles, j'eusse voulu, faute de mieux, les suspendre au cou d'Antigone. Un Créon, la cité reconnaissante le couvre de crachats.

*

Planches anatomiques. Une coupe d'Antigone. Une tête dure, ovale comme un galet sucé par la mer. Tous les organes aboutissent au cœur compliqué de la vierge et son écharpe vivante prémédite le crime qui consiste à se nouer autour du cou.

*

Il est normal qu'un gant de caoutchouc suspendu auprès d'une tête de plâtre, qu'une rue déserte, qu'un œuf placé dans une solitude méchante, qu'un éclairage d'éclipse et de peste conduisent notre peintre au théâtre d'Eschyle ou de Sophocle et provoquent ces tragédiens côte à côte, ces poitrines ouvertes sur les constructions enchevêtrées de l'inceste.

Chirico, né en Grèce, n'a plus besoin de peindre Pégase. Un cheval devant la mer, par sa couleur, ses yeux, sa bouche, prend l'importance du mythe. Je songe au film BEN HUR qui tant nous attirait à cause de quatre chevaux blancs. Filmés en pleine course, d'un véhicule qui les suivait à vitesse égale, ils alignent un bloc de profils échevelés, sculptés dans un vent de marbre.

*

Est-il rien de plus réaliste que de peindre la chose imaginée dans la chambre où on l'imagine ? Un paquebot ourlé d'écume, une locomotive qui entre par la porte, un bouquet d'arbres sur le plancher.

Lorsque Chirico pose un temple grec et un morceau de paysage sur sa table, on ne peut mesurer si le temple est petit ou la table grande. Le temple n'est pas un jouet, un de ces dessins animés où la caricature et le cinématographe se mélangent, mais bien une imagination pétrifiée, poussée à l'extrême, mise au monde, vivante, et sans qu'aucune comparaison puisse être faite entre l'échelle du temple et de la table qui cohabitent. L'étonnant est que la facture du peintre ne souligne aucune différence entre la chambre et l'imagination. La vérité de ce qu'il exprime éclate, empêche de prendre le temple pour une maquette ou la table pour un meuble démesuré.

*

Qu'on ferme les yeux dans une chambre et qu'on évoque un souvenir situé dans cette même chambre, il est rare qu'on ne se représente pas la chambre du souvenir dans un autre lieu, en dehors de la chambre où l'on se souvient.

On aimerait que Chirico peignît l'une dans l'autre les deux chambres.

*

Ce mobilier dehors, nous ne pensons pas à en rire. Ce n'est pas l'absurdité qui nous frappe. C'est la force d'une vérité qui existe en Chirico. Même remarque pour cette dame qui met le couvert de ce jeune homme assis dans un bout de salle à manger au centre d'un paysage montagneux.

Pas une minute on ne suppose qu'ils habitent une ruine après quelque tremblement de terre, ou qu'ils emménagent et qu'une voiture pleine de meubles arrive par cette route qui serpente. Non. La surprise de ce décor et de cette scène intime, dans un tel endroit, s'impose avec une évidence qui ne peut venir que d'une parfaite probité d'inspiration.

Ailleurs, sur un élément de plancher dont les lignes de plafond à l'envers ont toujours hanté le peintre, voici des meubles d'hôtel dans un paysage désert. On pourrait penser aux meubles de Goethe abandonnés pêle-mêle sur une place par un voiturier de mauvaise humeur.

Or, ces meubles sont aussi terribles à imaginer là qu'une femme blanche parmi les sauvages.

*

Dans un site farouche, voilà, comme un nu, cloisons, plancher, bergère, armoire à glace. Rien n'évoque le décor d'une troupe de films. Un phénomène révèle au touriste le contraire d'une ruine : l'ébauche d'un appartement futur. Le touriste est jeune, fort. Il marche. Le passé l'ennuie. L'avenir l'exalte. Il s'arrête, et, comme Charles Maurras étreignait une colonne d'Athènes, il presse une *bergère* entre ses bras.

*

L'origine des paysages meublés doit être quelque film comique américain. Peut-être celui où des créanciers emportent une maison démontable autour des propriétaires qui déjeunent.

*

La terre meuble.

*

Nous vivons dans un monde où tout doit pouvoir s'expliquer, où le tribunal interroge, où la police mal faite observe du dehors des secrets de famille. Chez Georges de Chirico, les murs, les arcades, les ombres, les statues équestres, les légumes, sont suspects.

J'imagine une descente de police dans une de ses toiles comme dans une chambre de poète. Il vaudrait mieux se taire et se laisser couper le cou. Dans ma chambre, le moindre objet témoigne contre moi.

*

Sans calembours, sans devinettes, il n'y a pas d'art sérieux. C'est-à-dire qu'il n'y a que de l'art sérieux. A travers la naïveté de Freud, on devine la grandeur de Léonard qui vole en rêve avec Ucello. Chaque fois que Freud déplore ses enfantillages, Léonard de Vinci vole.

*

Tout chef-d'œuvre est fait d'aveux cachés, de calculs, de calembours hautains, d'étranges devinettes. Le monde officiel tomberait à la renverse s'il découvrait ce que dissimulent un Léonard ou un Watteau, pour ne citer que deux cachottiers connus. C'est par ce que Freud traite d'enfantillages qu'un artiste se raconte sans ouvrir la bouche, domine l'art et dure. Car cet envers invisible de la beauté en impose aux personnes qui ne distinguent que l'endroit. Ministres, académiciens, critiques subissent sans le savoir l'influence de farces profondes.

Un dimanche d'orage que je traînais sur les pelouses de Chantilly, j'aperçus, loin, une petite automobile noire, une petite voiture en soutane, haute et sans capot, une manière de toque de veuve, de confessionnal mécanique, déambulant sur la route vers la grille du parc, passant la grille, montant vers l'esplanade, tournant sur elle et stoppant gentiment, comme un dessin animé, devant le pavillon des Conservateurs. « *Tiens*, me dis-je, *une duchesse qui va consulter Bourget.* » Accablé par l'orage, la promenade, l'ennui de cette visite et du dimanche, je levai les yeux vers les chevaux qui se cabrent sur une des portes de l'écurie, place du Connétable, et vers ceux du fronton qui domine le champ de courses. Le contraste était si vif entre ma fatigue et l'élégance fabuleuse de ces bêtes au poitrail veineux, aux jambes de licornes, que, projeté de moi, ouvert, fouetté, aéré, ailé, débouché, je découvris que le sculpteur avait fait aux chevaux la figure des carpes auxquelles, un peu plus bas, les militaires jettent du pain. Il n'en fallut pas davantage pour me reporter au problème des analogies et des calembours. Pourvu, pensai-je, que l'écurie garde son secret, que l'éminent psychologue et que ces messieurs ne s'aperçoivent de rien. Ils aiment l'ordre. Ils seraient capables de mettre les chevaux dans les douves.

Je compris en revenant à l'hôtel que la peinture impressionniste était ennuyeuse, faute de secrets, et la peinture d'aujourd'hui décevante parce qu'elle porte ses secrets à l'extérieur.

*

Est-il rien de plus terrible que d'observer sans qu'elles s'en doutent des personnes qui se croient seules et que nous connaissons beaucoup. Malaise d'un bal où l'on se trouve masqué auprès d'amis sans masques et qui vous adressent un regard inconnu, qui parlent une langue nouvelle.

Chirico est le décorateur de ces coups de théâtre-là.

Je rapproche deux souvenirs.

En 1914, je sortais de la chambre d'une amie à l'Hôtel Ritz. Comme je m'apprêtais à descendre, je reconnus la Marquise de R... Elle tournait le bout du couloir et, se croyant seule, rentrait dans sa chambre, voisine de la chambre de mon amie.

J'étais fort lié avec cette grande dame anglaise, sorte de Brummel féminin, dont la beauté, l'élégance, les fêtes, furent illustres partout. On m'avait dit qu'elle souffrait de la goutte et, comme j'aurais déjà dû venir prendre de ses nouvelles, instinctivement, bêtement, au lieu de me montrer et de m'excuser, je me cachai derrière une pile de malles.

Elle marchait droit sur moi, avançant avec peine, boitant d'une jambe et s'appuyant au mur. Elle souffrait. Son œil regardait à l'intérieur. La déchéance était le spectacle qui le rendait si attentif et si triste. Le visage ne se gênait pas, n'essayait pas cette érection étonnante des chairs que les femmes obtiennent à volonté. Le nez projetait un bec énorme. La poudre mauve dont elle lança la mode sur ses cheveux blancs lui rougissait la peau. Grande, maigre, capable de dormir assise toute droite sur une chaise de concert comme un colonel sur son cheval, elle n'était plus une tête d'aristocrate au bout d'une pique, mais bien une chose fourbue, bossue, un pur sang blessé qui rentre au paddok.

Mon cœur battait comme un cœur d'assassin. Je retenais mon souffle, comprenant qu'elle allait mourir et qu'il ne fallait à aucun prix qu'elle sût que je l'avais prise en flagrant délit avec la mort.

Une autre fois, c'était un jeudi après-midi, je cherchais la loge de Pierre Bertin dans les couloirs des bâtisses neuves de la Comédie-Française. Ces couloirs ont un air et une odeur d'hôpital. J'arrivais de la rue et ne savais rien du spectacle. Soudain, au bout de cet interminable corridor, je vis venir à moi, un peu bousculé par le tournant et comme entraîné par le cours d'une rivière lente, une espèce de soliveau qui n'était autre que Mme X... la grande tragédienne. Impossible de battre en retraite. Je m'arrêtai et regardai avec surprise cette chose qui ne marchait pas, qui flottait, en costume de Phèdre ou d'Hermione et, qui, sourde, aveugle, seule, prise dans son rêve, allait me heurter ou me contourner sans me voir et poursuivre son chemin. Elle me vit, leva sur moi le regard des dames malades qu'on croise sur un paquebot, dans le couloir des cabines : « Merci, merci », dit-elle d'une voix éteinte, et elle ajouta, croyant que j'assistais au spectacle : « Dépêchez-vous, on sonne. »

De quelle tragédie sortait-elle ? De quelles amours, de quel inceste ? J'allais m'excuser, inventer un mensonge, lorsque je vis qu'elle était déjà loin. Le courant poussait, la soulevait, la cognait à droite et à gauche, l'emportait vers la fatalité.

Ces couloirs où j'ai vu deux figures si différentes, comme on observe dans un arbre, la carabine à la main, un bouvreuil en train de faire sa toilette, ou par le téléobjectif un tigre en train de boire, il m'est impossible de ne pas penser à eux chaque fois que je regarde une perspective de Chirico.

*

Chirico, ou le lieu du crime.

*

L'homme génial, c'est l'homme capable de tout. Quelquefois, brutalement, une question se pose : les chefs-d'œuvre seraient-ils des *alibis* ?

*

Chirico, c'est aussi l'heure du train.

*

La mort est la seule pièce qui circule librement et dans n'importe quel sens sur l'échiquier de Chirico.

*

INTERMÈDE

En découvrant l'autel du temple de ses gestes
J'ai rebâti ce corps où, tels deux chiens collés,
On douche, dos à dos, cette blessure ailée
Avec une fontaine indulgente à l'inceste.

Sous la chair de Ségeste on connaît les détours
D'un fleuve aboutissant aux varices du marbre.
L'œuvre tombe de vous comme pendu d'un arbre,
Femme, ventre bondé d'une rose d'amour.

DEUXIÈME PARTIE

Des Beaux-Arts considérés comme un assassinat

Je suis seul dans un autre monde que moi...

Chirico est un poète qui s'exprime sur des toiles, grâce au métier italien du trompe-l'œil. Ses inventions sont des inventions de poète. Je crois qu'il n'aurait qu'à perdre en s'essayant aux inventions de peintre. En écrivant, il gagnera toujours.

*

Jamais, au cours de ces notes, il ne faudra confondre la peinture littéraire, véritable fléau, avec cette sorte de peinture qui nous concerne parce qu'elle est peinte par des poètes. Picasso est un peintre dont les tableaux sont des poèmes. Chirico est un poète dont les poèmes sont des tableaux. C'est en quoi ils diffèrent, se ressemblent et nous occupent. La peinture possède ses critiques d'art, ses spécialistes. Un poète la regarde ; elle ne le regarde pas.

*

Si j'insiste, c'est pour bien faire comprendre l'erreur considérable de confondre Chirico avec un peintre littéraire. Maniaque, si vous voulez, littéraire, non. Un poète qui peint, oui. Picasso est un peintre qui a l'air d'écrire. Chirico un poète qui a l'air de peindre.

*

Comme l'électricité, la poésie est une vieille force récemment découverte (en tant que force). Léonard énumère les avantages du peintre sur ceux du poète. Il ignore qu'il est un poète et que la poésie ne se limite pas au métier des vers. Cette forme de critique lui demeurerait impénétrable, par la faute d'un patriotisme de catégories.

*

NOTE. – Pour être très clair, je veux dire que Braque est un poète de la peinture, comme Matisse, mais que Léger est un poète qui peint et que j'aurais le droit de le louer, de l'étudier si l'objet de ce livre ne m'imposait des limites, tandis que je n'oserais me permettre de louer un Braque, un Matisse. J'empiéterais alors sur la critique d'art. Je ne peux que les admirer en silence.

Et toi aussi, Marie, tu es poète !

Il en va de même pour la musique. Stravinsky est un poète, il me concerne. Debussy, je n'ose ; il est un musicien poétique.

Je vous conseille un jeu qui ne saurait se jouer à la légère. Dressez une liste des poètes qui s'expriment autrement que par l'écriture, et celle des poètes *de leur art*.

Le jeu se compliquerait vite. Exemple : Wagner, dramaturge musicien. Beethoven, musicien dramatique.

Ne vous arrêtez pas en si bonne voie. Cherchez dans l'écriture elle-même. Vous trouverez des poètes poètes, et des poètes poétiques. Ils forment deux races distinctes. Villon, Baudelaire, Rimbaud, poètes poètes. Ronsard, Musset, Verlaine, poètes poétiques. Les philosophes, les hommes d'action ou de science n'échappent pas à ce code, ni les peuples, ni les langues. La France qui n'est pas poétique, et dont la langue n'est pas poétique, est un pays de poètes. L'Angleterre, elle, est un pays poétique ; ses poètes en souffrent. La langue poétique de l'Italie gêne beaucoup ses poètes. A vous de jouer.

*

En 1930, HEBDOMEROS, le livre de Chirico, pas encore paru lorsque j'éditai le MYSTÈRE pour la première fois, apporte la preuve que l'esthétique de Chirico est une éthique. Je le savais bien. (Ce qui se fait et ce qui ne se fait pas, ce qui se mange et ce qui ne se mange pas, ce qui est propre et sale, comme dans la bible.)

*

Nietzsche, Baudelaire se sont préoccupés d'hygiène.

*

Les chefs-d'œuvre de la peinture sont des objets chargés d'un fluide qu'on ne saurait obtenir ni fixer sans amour, et qui prennent à travers les siècles un pouvoir d'hypnose.

Vous posez. Regardez la figure d'assassin du peintre. Par chance, vous êtes un peu son complice.

L'homme qui crée tue sauvagement tout ce qui dérange un réflexe suprême de l'instinct de conservation.

Il en résulte des véhicules. Ces véhicules, après sa mort, continuent par machine, et restent capables d'écraser pas mal de monde. Lorsque les véhicules s'arrêtent, ils s'arrêtent dans une posture tragique de chose morte en marche, et c'est cette posture désespérée, cette angoisse désespérée de survivre, de continuer, de trouer le temps, de vaincre l'inerte, qui fait émouvantes certaines toiles anciennes. Quelle voix, quel regard elles trouvent, ces toiles de musée, pour nous empêcher de passer outre, pour crier au touriste : « Halte ! » pour vaincre sa fatigue. A travers les crasses d'or de la patine et l'ingéniosité du signe d'intelligence que fixa le peintre pour nous intriguer et nous rallier à grande distance, tout un fluide se jette sur nous.

Dans les musées, nous sollicitent surtout les œuvres maniaques. Je nomme œuvres maniaques celles où les ingrédients d'immortalité semblent moins provenir d'un choix que d'une contrainte. Le signe cesse alors d'être n'importe quel appel éperdu, quel geste excentrique, et devient un des indices de l'énigme où la vie du peintre se cache à l'abri de l'art.

Ce rôle de truchement joué, le chef-d'œuvre ne compte plus. Il rentre dans la foule des masques. Il a présenté Roméo à Juliette, Tristan à Yseult.

*

Jusqu'à ce qu'une œuvre d'art devienne un objet susceptible d'envoûter, elle compte peu.

*

L'envoûtement exige des soins et une patience que l'homme qui crée ne saurait distraire de son œuvre. C'est pourquoi ses haines et ses amours passent dans son œuvre et son œuvre envoûte.

*

Toute œuvre qui n'est pas véhicule volontaire ou involontaire d'aveux est du luxe. Or le luxe est pire qu'immoral, il ennuie. C'est la fatigue de cet ennui sur les épaules qui dénonce le luxe en art.

*

Rien n'est plus drôle que les peintres plagiaires, compromis naïvement par des aveux qu'ils répètent sans le savoir, comme autant de thèmes décoratifs.

*

Les manies de Cézanne lorsqu'il est le plus peintre, sont des manies d'intellectuel.

Les manies de Renoir, surtout devenu vieux, restent des manies de peintre.

*

Le vice sexuel reflète une des formes les plus intrigantes de l'esthétique.

Ce n'est pas par goût, comme un amateur groupe des meubles et des étoffes, que ce septuagénaire règle dans ses moindres détails le scénario sans lequel il ne peut satisfaire ses sens le jour venu. S'il se déguise en soubrette Louis XV, s'il subit enchaîné les insultes d'un télégraphiste, et s'il ouvre enfin un télégramme obscène signé de sa fille, c'est à la suite de recherches, de préparatifs obscurs qui ne lui laissent pas le choix et qui aboutissent à une mascarade où ses sens construisent désespérément un équivalent, plus baroque, mais guère moins individuel, en somme, que tout autre, de la beauté.

Pour obtenir sa beauté, Chirico devait se soumettre à une mise en scène, à un concours d'accessoires qui peuvent offrir un spectacle de diversité ou de liberté, mais ne trompent personne sur le drame de l'aventure. Et, de même que le scénario du septuagénaire peut nous effrayer ou nous amuser, alors qu'il en tire sa seule jouissance, de même il est probable que Chirico attendait de ses toiles un résultat que nous ne pouvons concevoir, et n'offrant pas le moindre rapport avec notre admiration et notre surprise.

*

L'homme qui cache un seul vice sexuel ne connaîtra pas l'inquiétude vague d'un corps aux prises avec les apparences multiples de la beauté. L'art fatal n'inquiète pas le peintre, il inquiète les spectateurs. La liberté du peintre fatal consiste à varier l'aspect de sa prison.

*

Chirico renonce à l'exploitation d'une fatalité. Il était à craindre que ses usines de brique fabriquassent des fantômes. Mais après le pinceau, son fluide voulait sortir par la plume et laisser le peintre libre de se livrer aux jeux innocents qui ne compromettent jamais que nous-mêmes.

*

La préoccupation professionnelle des critiques d'art les détourne de l'objet même de leur étude. Le principal était (et reste) de savoir pourquoi Georges de Chirico jouait aux échecs, quel fut l'enjeu de la partie, la force et la personnalité de l'adversaire.

*

Un gant de femme, un gant rouge en peau de chien, poussait, dit-on, les pièces contre le peintre sur l'échiquier de cette redoutable partie.

*

Il est capital de savoir si le fait de posséder et de contempler une mandragore, racine à figure humaine née d'un pendu, n'a pas des conséquences plus grandes que de posséder et de contempler un tableau provenant du caprice, du goût et des calculs d'un peintre.

Des mandragores, semble-t-il, se rapproche l'œuvre fatale d'un peintre fatal dont la liberté se limite à peindre sur les murs de sa prison, et dont la faculté d'hypnose dépasse de beaucoup le *charme* des œuvres choisies par un artiste libre, fussent-elles des chefs-d'œuvre. Ainsi s'élève une muraille de Chine entre ce qui résulte de l'esthétique et ce qui dénonce une éthique, depuis les simples tics jusqu'aux manies morales, les vices du sexe ou de l'âme. Dans les musées, toujours nous attireront et nous feront signe à travers les siècles les œuvres mortes qui nous renseignent sur les démarches vivantes – même basses – d'un créateur, sur le piège qui l'enfermait et qui le prolonge ; car le sang tragique pâlira moins que le sang joyeux et formera notre fleuve.

*

Les œuvres dénoncent la vie de l'homme (vices, manies, morale). Ecrire une vie de Picasso serait impossible, car la beauté monstrueuse de ce peintre réside en ceci que sa vie est son œuvre. Il travaille comme d'autres vivent. Et il vit comme les autres dorment. Sa manie est la manie de peindre. C'est pourquoi son œuvre est un drame. Chez Picasso, crever une toile peut prendre l'importance d'un meurtre, et en avoir les suites d'autant plus graves qu'invisibles, illégales, etc. Chez lui, le bagne serait encore un tableau.

L'enfer encore un tableau.

*

Chirico a fait de son éthique une esthétique.
Picasso a fait de l'esthétique une éthique.
Picasso, homme peinture. Chirico homme écriture.
Picasso se peint. Chirico s'est dépeint.

*

Moralistes, esthètes de l'âme.
Nous vivons au milieu d'une rosace de circonstances dont l'infirmité humaine nous empêche d'embrasser d'un coup d'œil le dessin total. Ainsi, un certain ordre de motifs triomphe toujours d'un autre, mais il n'est pas dit pour cela que nous trouverons beau, bien, ce qui gagne en fin de compte et laid, mal, ce qui perd en fin de compte ; car il est possible que nous nous trompions sur l'aspect extérieur du bien et du mal, du beau et du laid, qui relèvent beaucoup plus d'un système inconnu de poids et de mesures, que de notre sentiment esthétique de la moralité.

*

Un grand peintre ne fait constater sa présence que par un seul cri : « Je suis là. » C'est le cheval d'Ucello qui lève ses deux jambes du même côté, ce qui choque beaucoup Vasari. C'est l'ombre du côté du soleil dans ce Rubens [1] que Goethe montre à Eckermann. C'est l'artichaut du peintre dans une ville exclusivement réservée aux statues.

*

La foi, ou l'instinct de conservation sous sa forme la plus noble.

Le génie, réflexe extrême de l'instinct de conservation.

On tue pour la gloire (par i. d. c.). Lacenaire.

On meurt pour la gloire (par i. d. c.). Saint-Just.

L'esprit et l'instinct de conservation : l'art.

L'âme et l'instinct de conservation : la foi.

*

Nous pensons des formes, elles deviennent vivantes sur le papier ou sur la toile sans avoir aucun rapport avec les formes de la vie. Etre sensible à la vérité de ces formes, c'est comprendre l'art. Comprendre la vie est une tout autre affaire.

*

---

1. Je me suis trompé plusieurs fois en attribuant cette gravure à Rembrandt.

On imagine la rosace irisée à devenir fou dont Cézanne cherchait le centre en peignant la chemise d'Ambroise Vollard. C'est par ce genre de tics, pouvant s'élargir jusqu'au meurtre, que les peintres m'appartiennent.

La vie des formes n'a rien à voir avec les formes de la vie. Se soulager d'un tic de l'âme sur la toile. Créer le monde juste, l'ordre abstrait, l'ordre contre les lois.

Tableau : Prétexte à faire vivre des formes.

*

Un homme pur doit être libre et suspect. Jamais un poète ne sera de style assez léger, ni assez lourd. Tout se tasse et se dénoue à la longue. Le principal est d'être à l'abri (mort) à l'époque du dénouement.

Baudelaire n'avait pas assez serré ; il s'est dénoué trop vite. Notre calembour n'est-il pas le type du nœud spirituel ? Un joyau d'invisibilité.

Léger, léger, c'était le système d'invisibilité de Stendhal. Il s'est tassé, comme les objets, en voyage, se tassent dans un sac. Il a pris son volume lorsqu'il n'était plus là pour en souffrir. Au reste, il n'y a jamais eu de place pour un homme et pour son œuvre ensemble. On ne peut être et avoir été. Il faut jouir de vivre ou d'être mort. La gloire est soumise à des lois de perspective. Impossible de tricher avec, sauf par trompe-l'œil.

Célébrité : je me représente un buste avec des jambes pour courir partout.

Il s'agit, en somme, d'être invisible jusqu'à nouvel ordre. Invisible, c'est-à-dire assez vite, ou assez lent, ou assez dénoué, ou assez noué, pour être mal vu de ses contemporains, dans le sens le plus superficiel comme dans le sens le plus grave du terme. Voilà le style, car, vous le savez, il n'existe jamais de style décoratif. Le style c'est l'âme, et l'âme affecte, hélas, chez nous, la forme du corps.

*

Le drame d'être poète. Le drame de l'être en France. La France (elle n'est pas seule, du reste) confond musique et poésie. Langues musicales : les plus mauvais véhicules de poésie. Italie, Angleterre, *pays poétiques*. La langue française est, de par son algèbre, son encre à cerner les fantômes, ses ressorts de piège, ses angles qui s'emboîtent, ses reliefs de carte en relief, sa couleur abstraite, son aptitude au calembour, un admirable idiome de poésie. Mais, hélas ! les Français veulent comprendre la poésie. A défaut de comprendre la poésie, ils veulent goûter sa musique. La pire solitude est celle d'un beau poème en langue française. On dirait une ville de Chirico.

*

L'homme-énigme, honneur de la France. C'est l'avantage du mauvais goût, du goût tout court de notre race. Il importe de se cacher pour entretenir en sourdine le véritable génie de la France. C'est ce que Nietzsche appelait notre musique de chambre. Même les grands artistes secrets du dehors viennent se classer à Paris (Picasso, Chirico, Stravinsky) parce qu'il existe seulement chez nous une gauche classique, la gauche étant d'habitude le premier état de la droite, du classicisme. Je parle d'une gauche bon teint, d'une gauche en soi, d'une gauche qui reste à gauche toujours.

Les héros de notre poésie n'ont pas de statues. Parfois un buste, un médaillon ornent leur ville natale. Mais, faute de marbre, qu'on se représente la faible répercussion d'un Hugo, d'un Musset, d'un Lamartine, à côté de celle, incalculable, d'un Baudelaire, d'un Rimbaud, d'un Nerval, d'un Mallarmé, d'un Ducasse.

Aujourd'hui encore, les feuilles françaises à gros tirage citent Stendhal comme un des chefs de notre famille indésirable.

C'est l'existence de cet art à double face qui explique l'attitude, au premier abord, des étrangers (Dostoïevsky en tête) vis-à-vis de nos Lettres. Ils parlent de ce qui se montre. Dans l'aphorisme 254, PAR-DELA LE BIEN ET LE MAL, Nietzsche découvre le pot aux roses. Je n'ai découvert ce pot aux roses qu'à l'âge de vingt ans ; j'avais déjà fait un long parcours du jeu de l'oie dont il me fallut perdre le bénéfice, et qu'il me fallut recommencer depuis la première case, après cette découverte radieuse.

*

Les cheminées des usines de Chirico où se fabriquent son vide, son silence.

*

Somme toute, je crois qu'une des grandes noblesses que dégage l'œuvre de Chirico, c'est l'atmosphère anti-crapuleuse de ses villes. Il règne là, comme qui dirait, une contrepartie des liesses populaires, des réjouissances patriotiques, des funérailles de grands chefs. Ce n'est pas que les trophées manquent, ni l'héroïsme. On y pavoise à rebours, et l'on y goûte cette paix des villes nocturnes où l'injustice prend un repos bien gagné, où la lune et le vide plantent des mises en scène, où quelques rares civils méditent des crimes rapides et sans gloire. Là s'érigent des statues vertes, comme végétales et poussées naïvement de l'asphalte : Baudelaire, Sade, le Colonel Picquart, Raymond Roussel, et n'était l'exiguïté d'une toile de peintre, on aimerait lire des noms de rues, de places, qui ne changent pas avec le sort des armes.

*

Les villes de Chirico évoquent le contraire des réjouissances ou des funérailles qui pavoisent nos villes. Leur caractère est essentiellement anti-national.

*

Le silence défile, musique en tête, dans les rues de Chirico.

*

Des nuits entières mon œil a parcouru ces docks, ce labyrinthe d'entrepôts inquiétants où la taille humaine ne peut s'évaluer, où l'homme ne trouve aucune place.

*

Le silence éloquent de Chirico, cet orateur qui songe.

*

Le silence de Chirico. Le silence de la Salle des Ventes. Il y a aussi le silence des tables vertes de

Monte-Carlo, avec, toujours debout, ces vieilles divinités anglaises, antiques jeunesses, douces colonnes aux chapeaux garnis de jour, ornés de vrais oiseaux, qui marchent sur le tour, derrière les pontes.

Pieusement pareilles, filles des nombres d'or, fortes des lois du ciel, le casino les supporte, et à vrai dire, ces douces colonnes supportent le casino dont elles demeurent les errantes cariatides.

*

MEMNON

1, 2, 3, 4, 5, 6, 7, 8, 9, 10, 11,
12. Minuit sonnait. L'homme du piédestal
Chanta. Car le vent d'ouest qui fait chanter le bronze,
Agitait doucement ses basques de métal.

*

OBJET DIFFICILE À RAMASSER

Titre d'une figure de cotillon que j'ai trouvée dans un vieux livre sur le bal. Définition parfaite du chef-d'œuvre. On voit les chaises d'or, les muses décolletées, diamantées, folles de rire, le pauvre critique à quatre pattes, au milieu.

*

C'est en somme pour découvrir une méthode permettant de ramasser *l'objet difficile à ramasser* que j'écris ce livre.

*

Rue de la Chaussée d'Antin, chez Berville, toute mon enfance je voyais Pasteur sur un appareil très simple qui permettait de mettre à gauche d'une vitre un petit Pasteur renversé à droite sous la forme d'un Pasteur immense. Il serait inutile d'écrire nos petites œuvres, si nous ne les sentions pas renversées au fur et à mesure, identiques et méconnaissables, dans un monde séparé de nous par une vitre que notre œil ne traverse pas.

*

L'âme d'une œuvre ne peut être exploitée par la rue. Il faut du décor. Ce qui va d'une beauté dans la rue, c'est une robe, ce qui l'ornait, ce qu'elle peut perdre sans dommage ni douleur.

*

Un poète se bouche les oreilles avec de la cire et s'attache au mât ; il redoute les sirènes qui ravissent son époque. Le plus drôle, c'est que les sirènes chantent un chant qu'elles tiennent de lui, perfectionné par leurs sortilèges pour séduire l'équipage.

*

Quand j'étais petit, je croyais que les étrangers ne parlaient aucune langue, faisaient semblant entre eux d'en parler une. C'est ce que pense le public en face de nous.

*

Surprise des livres. On peut ne s'être jamais lu et se lire un jour. Se relire n'étant pas se lire.

*

L'esprit large juge à vol d'oiseau. L'amour ne saurait avoir l'esprit large. Il est forcément injuste et, en fin de compte, le vol d'oiseau est un point de vue plus écœurant que le télescopage brutal des perspectives exigé par une prédilection.

*

Un beau tableau pourrait dire des esprits larges ce que cette belle princesse disait des zouaves, sous Napoléon III : « On ne sait jamais ce qu'ils pensent. »

*

Exemple du style obtenu par un besoin d'exactitude dans les termes :

« Le poison dont on nous a confié l'analyse a passé par toutes les épreuves, surmonté notre art et notre capacité. Il s'est joué de toutes nos expériences. Ce poison nage sur l'eau ; il est supérieur et fait obéir cet élément. Il se sauve de l'expérience du feu où il ne laisse qu'une matière douce et innocente. Dans les animaux, il se cache et se dérobe avec tant d'art et d'adresse qu'on ne peut le reconnaître ; toutes les parties sont saines et vivantes selon le langage de la médecine, et, en même temps qu'il y fait couler une source de mort, cet artificieux y laisse l'image et les marques de la vie. »

Guy SIMON.

(Rapport à Cluet sur Sainte-Croix, 1669).

*

Il est bizarre que la lecture d'un vieux numéro de revue littéraire n'éclaire pas les rédacteurs de revues nouvelles, et ne les fasse pas réfléchir.

*

Les basses parties de nous-mêmes : elles vivent ! Comme le mégot, c'est une sale bête, dure à tuer. On le piétine, il retrouve des braises. A cause de cela, il arrive que l'aveuglement de nos contemporains nous blesse. Orgueil ignoble. Comme le mégot, disai-je. Non, comme le serpent. On écrase la tête, la queue frétille encore. La nouvelle n'est pas arrivée jusqu'au bout.

*

Picasso, Chirico, transformés en actes, me mettent en face de ce que l'homme possède encore de moins mal : Atroce solitude de somnambule, débauches du cœur, tendance à négliger les amitiés sûres au bénéfice de rencontres magiques, de sorcelleries, de longues trahisons précieuses.

L'Oiseleur n'ayant connu l'amitié que sous la forme extrême d'une sorte d'amour fantôme, ses ennemis furent ses camarades. Ils tiennent une grande place dans sa vie, dans son travail. Il se voulait digne de leur haine, de leurs boules de neige qui tuent. Nous voilà loin de la carte postale que serait une vie heureuse, traduite dans la langue morte de l'art.

*

Ségeste vivait dans l'amitié. Soudain il s'aperçut qu'elle était fade. A force de cœur, le cœur lui montait aux dents. Le sucre collait partout. Il souhaita des pièges, des poisons, des meurtres. Il voulut des ennemis. N'a pas des ennemis qui veut. En essayant de nuire, il servait. Ses médisances tournaient à l'avantage de sa victime. Elle en bénéficiait, et même, habituée à son style cordial, elle prenait pour du tact ses insultes. Il cherchait la haine comme d'autres l'amour. Il tombait à genoux ; il attendrissait. Au lieu d'un rire dur, il obtenait des larmes. Un jour, il crut se sentir renaître. Un anonyme le poursuivait d'une haine active ; mais bientôt, l'anonyme découvrit que cette haine partait d'une erreur, et ses lettres de menaces devinrent des lettres d'excuses. Avec désespoir Ségeste voyait croître autour de lui les affections les plus solides. Il adora Judas. Il exaltait son rôle passionné, décisif, sur cette pente un peu trop douce des disciples ; Jésus lui devait sa gloire.

Ségeste dépérissait. Une nuit, il espéra que sa nièce mélangeait de l'arsenic à ses tisanes. Il fallut, hélas, en rabattre, et mourir au milieu de l'estime de tous. La bonté de Dieu l'envoya en enfer. Mais Satan veille. Naturellement cet enfer ressemblait au ciel.

*

Il y a vertu et vertu. On dit : la vertu d'un vin, la vertu d'un poison. Donc, on peut dire : un poison vertueux.

La vertu de Chirico.

*

Vertu des simples. C'est le titre exact pour un livre sur la sorcellerie et sur les poisons.

*

Chirico, monstre de naïveté. Il veut plaire. S'il veut faire peur, il fait peur. C'était merveille de le voir, au Ballet Russe, saluer, comme ivre, après sa pantomime, saluer, saluer, s'accrocher le pied, bousculer le monde des coulisses, sortir tout à coup du silence mortel des vernissages dans un vacarme d'applaudissements, comme le taureau de la nuit du toril.

*

Le tableau, inoffensif au premier abord, opérait sur le centre optique par l'entremise d'une armoire à glace dont la complicité renversait certaines formes et leur ôtait toute pudeur.

*

X... avait ramené d'Afrique, en 1912, un boy nègre chez sa mère : Ali. Ali s'engagea. Ali aimait beaucoup cette mère. Un jour, elle reçut la lettre suivante : « Monsieur, si j'ose vous demander la main de Mademoiselle votre fille, etc., etc. » On devine qu'il avait copié n'importe quelle lettre dans LE PARFAIT SE-CRÉTAIRE, mais ce qui rend cette lettre poignante c'est que le pauvre Ali, pris de doute dans le noir, avait tout de même tenté de se faire entendre. Il en résultait à la fin une phrase de ce genre : « Me pardonnerez-vous, Monsieur ? Je sais que mon mérite, *c'est moi, Ali ton boy*, et que mes appointements modestes, etc., etc. »

On aimerait entendre pousser ce cri d'alarme au beau milieu des longues pages publiées chaque jour, et copiées sur le SECRÉTAIRE DU PARFAIT LITTÉRATEUR.

*

Admirable épisode Peeperkorn du ZAUBERBERG de Thomas Mann. De longue date, ce problème de la personnalité de *grand format* m'intrigue. « Il nous met dans sa poche », constate Hans. C'est un fait. Ainsi Wilde, dès qu'on l'évoque, rapetisse des valeurs beaucoup plus réelles que la sienne ; de même Byron. Dans la loge de la Scala de Milan, l'ombre jetée sur Beyle par Byron ne venait pas seulement de ce que Byron ignorait l'œuvre de Stendhal. Liszt est le premier qui..., mais la figure de Wagner l'emporte. Et Goethe, et Hugo. Chez Hugo, cela devient presque insupportable, comme si un cheval emballé avait gagné toutes les courses, sans que la foule ni les arbitres se fussent aperçus de rien.

Je pense aux photographies révélatrices de l'exil. On ignorait encore les dangers de la chambre noire. Hugo sans barbe ! Il l'a vite remise, le malin. Settembrini riposte : « Les comédiens ». Mais les comédiens possèdent aussi leurs *grands formats*.

Combien de fois ai-je contemplé le spectacle étrange de B. battu à plat de couture dans une controverse bredouillant des « je ne peux pas expliquer » enfantins, et grandissant, flambant, convainquant, couvrant d'ombre ses contradicteurs, les empochant, ridiculisant leur dialectique, par le seul fait qu'il prenait, *au pied du mur*, le visage sublime d'un fusillé de *grand format*.

*

La personnalité, l'envergure de Chirico. Sa tête chevaline, son masque de plâtre aux dents d'or, son accent bourru, sa présence réelle et sa présence peinte ou écrite, c'est un *grand format* qui dégonfle tout ce qu'on lui oppose de mieux peint, de plus hanté, de plus intègre, de plus grave, de plus brave, et fait d'une attitude qui fâche ses anciens adeptes, d'une attitude nouvelle qu'il a prise, quelque chose en dehors du goût, de singulier et d'inquiétant, au même titre, dans une sphère somme toute moins séduisante que ses premiers tableaux.

*

Paris, ville maudite, ville de grandes personnes. Il y a les poètes *et* les grandes personnes. Comment les grandes personnes Voltaire, Diderot, Grimm, n'auraient-elles pas eu raison de Jean-Jacques, qui était puéril ? Je parle du Jean-Jacques de la fontaine de Héron. Il se retrouve jusqu'à la fin, ce Rousseau qui s'habille en Persan sous prétexte de sondes, ce Rousseau qui compose une églogue avec la police à ses trousses.

*

Les villes maudites. Les villes ayant perdu l'enfance : Paris, ville de grandes personnes. Les grandes personnes mettent les enfants au cabinet noir. Les Parisiens mettent les poètes en prison et les tuent.

*

Les défauts d'un poète lui permettent de prendre racine dans l'attention, d'attendre que le respect impose le reste, à la longue.

Un poëte n'est vu que par ses défauts. On peut à peine imaginer une œuvre presque complètement pure, donc, presque complètement invisible, comme LES TRAGÉDIENS de Desbordes.

La méprise qui fait croire au lecteur qu'il voit les ENFANTS TERRIBLES cesse lorsque l'œuvre décolle vers les dernières pages, et devient toute pure. Il dit alors que je lâche.

Baudelaire : ses dons de peintre servent de défauts à sa littérature, et le rendent visible. Chirico : ses dons de littérateur servent de défauts à sa peinture, et le rendent visible.

*

DEUX MANIÈRES D'ÊTRE INVISIBLE : Le style de Radiguet c'est la mise de Brummel ; aucun tic, aucune patine, mais cette chance : communiquer au neuf un air de déjà vu. Il ombre la ligne. Desbordes laisse la ligne à vif. Radiguet reste invisible parce qu'on croit voir autre chose ; Desbordes parce qu'on ne le voit pas.

*

« HEBDOMÉROS ? *Connais pas* », pourrait-on entendre de la bouche sincère d'un de ses innombrables disciples. Car cet homme étrange, dont le silence exerce une fascination telle que toute une jeunesse en a reçu l'empreinte sans même le savoir, semble parcourir le bal, les bras croisés, sous le domino de Rocambole.

*

Même encadrées, les toiles de Chirico ont l'air d'être sans cadres, ou, du moins, laissent le souvenir d'avoir été vues sans cadres. Cela provient de limites naturelles, de ce que le peintre décorait les quatre murs de sa prison.

*

Georges de Chirico, Salvador Dali se soulagent. Les peintres qui se soulagent.

*

Il n'y a qu'à regarder un tableau de Dali pour être certain que ce peintre possède sur toutes choses un point de vue inévitable, qu'il habite un monde où il gouverne. C'est le type du poète-peintre à éthique. Il ne saurait engager le moindre échange avec l'extérieur. Son or n'a cours que chez lui, ce qui limite les échanges. Il ne peut payer qu'en médailles, en camées, en émaux.

*

Il est juste que Salvador Dali, prisonnier, sous le pseudonyme de Sigismond ou de Guillaume Tell, fasse des trous (pratique des ouvertures) dans sa prison, et par ces brèches, observe le monde obscène, les pistils enluminés de Flore, la nature uniquement préoccupée d'elle-même, et dont la moindre cascade proclame qu'il est inutile d'appeler au secours.

*

Ses œuvres tombent de lui comme les pendus d'un arbre.

*

Dali, ces trous pratiqués dans le mur de sa prison et qui donnent sur d'éclatantes solitudes, seul et à deux.

*

Le fromage des galets de Dali abrite dans ses trous les vers éclatants du poète.

*

Cette vague somptueuse déroulée depuis 1900 retombe, par-dessus l'arche d'une femme invisible, sous forme de monstre sacerdotal, dans le désert aux sauterelles.

*

En 1900, règne de la Parisienne ; le mystère des dessous. Chez Dali, règne de la femme ; le mystère de ses organes, de l'amour.

*

Il faudrait aurifier tous ces trous, toutes ces dents de sagesse dont les caries embaument.

*

Le camée-lion de Salvador Dali préfère parcourir tout l'arc-en-ciel du peintre sur une seule de ses couleurs que de traverser vite ses sept couleurs consécutives.

*

Le pendentif de l'homme était de Lalique. Les entrailles de la femme seront une rose. En vérité, en vérité, Satan nidifie dans les moindres trous de ce peintre !

*

Salvador Dali n'a pas le choix ; il habite un monde fermé.

Bérard a le choix ; il possède cette étonnante supériorité d'une faiblesse. Il est un monde ouvert aux assassins, aux fantômes.

Chacune de ses toiles est donc une victoire sur les intrus qui le troublent et sur l'esthétique. Libre de combiner, il reste pur.

*

Son œuvre n'a pas *l'air* de prendre place dans l'histoire de la peinture. C'est la force méconnaissable, sans aucun de ses attributs conventionnels.

*

Il peint les nuances de la forme.

*

Les oiseaux étaient si ressemblants. Le raisin s'y trompa.

Bérard : une certaine corruption de sa peinture attire les mouches ; il les chasse.

Pour tromper la corruption, Dali peint ses mouches.

*

Dali, poète illustré.

*

Il semble parfois que pour se punir d'être aussi un homme de théâtre prodigieux, Christian Bérard se condamne à peindre des spectateurs.

*

Clarté du cubisme ; il nommait, dénombrait, mesurait, reportait tout sur la toile. Bérard, Dali : retour à l'obscurité de l'œil, à la nuit du corps humain.

*

Il arrive que certaines figures de Christian Bérard rêvent certains tableaux de Salvador Dali.

*

Un meuble de Christian Bérard (coiffeuse), exécuté par J. M. Frank.

Perdons l'habitude néfaste de croire qu'il existe une destinée pour les meubles, une autre pour les héros.

Dans un coin de cette salle où la mode nous éclabousse, le meuble qui n'est pas à la mode et le sera, tuait tables, chaises, fauteuils, par une espèce de majesté morte, avec cette différence qu'au lieu de ne plus régner, il ne régnait pas encore, et tirait sa solitude, non d'un sentiment de compassion que les reines déchues inspirent, mais du sentiment de malaise suscité par les oracles. Ce meuble vénéneux et presque infâme empoisonnait la sécurité du dilettante et gâtait le plaisir que la visiteuse eût tiré du spectacle des autres meubles, sans lui laisser rien en échange, sauf un vide dépassant de beaucoup ce que devrait provoquer en elle l'approche d'un simple meuble ou même de la laideur. Ici opérait la vertu hypnotique des proportions, inénarrable rendez-vous de lignes, de couleurs et de masses qui s'avancent, infiniment divisées dans l'invisible, jusqu'à ce point de rencontre où le parfait contact les rend visibles et compose un sommeil des dieux.

Cet objet qui ne devrait pas être encore et profite, à rebours, du prestige des ruines, cet objet futur, intriguait l'œil le moins perspicace, par l'apparence ramassée, bandée, sacrée, privée de souffle, d'une course guettant le départ à travers le temps, semblable, à travers l'espace, au joueur de rugby pressant le ballon contre son cœur, gagnant le but en ligne droite et bousculant tout obstacle humain ou inhumain sur son passage [1]. Cette décision de vaincre, de démoder, de détrôner tant de luxe sûr de soi, lui conférait (à ce meuble) un silence de tombe, de rébus, la noblesse d'un Lénine jeune, d'une Jocaste sans autre beauté conventionnelle que l'effrayante beauté du sort.

*

Le beau neuf ne peut avoir l'air beau, car s'il avait l'air beau, c'est qu'il flatterait la paresse en provoquant des souvenirs, alors qu'il ne peut faire naître que des oracles.

---

1. Avec tous les crochets et toutes les ruses que cela comporte. Je dirai plus loin que la ligne droite ne cesse pas de l'être parce qu'elle change de direction.

*

La force que le beau neuf, se présentât-il sous forme d'un meuble, devra déployer pour se projeter dans le temps, et l'élan qu'il lui faut prendre vers le but pour vaincre les masses, lui donnent cet air tendu si peu semblable à l'image sereine que le public se forme de la beauté d'après la beauté morte ou ses simulacres. Mais cette laideur qu'on lui trouve s'accompagne d'une force de présence, la force d'un monstre qu'est le beau prêt à prendre sa course, et vierge de toute patine.

Il suffit de regarder les meubles du XVIIIe siècle que les gens du monde trouvent délicieux et de les regarder sans les lunettes de l'habitude, pour voir l'air effrayant qu'ils eurent à l'origine, l'air des macaques et des nains qu'on aimait alors.

*

Toutes les figures de Bérard rêvent plus loin que les rêves qui se racontent. Région dont la faune, la flore et l'humanité sont faites d'associations, de souvenirs et d'anecdotes inédits, nés d'un mariage entre nos souvenirs femelles et nos souvenirs mâles.

*

Le portrait fidèle d'un dormeur risque de livrer le reflet de régions plus lointaines du songe. Car un rêve est racontable dans la mesure où il se forme en surface, au bord du réveil, et ne renseigne que sur des régions explorables, relevant plus de Freud que de nous.

*

Une des plus vives singularités du rêve. C'est que les musées, les chambres, les salles inconnus où il nous introduit existent instantanément (ou préexistent) dans le moindre détail, objet par objet, alors qu'il serait normal que ses décors fussent vagues, et que seuls fussent nets les objets utiles au scénario du rêve.

*

Chirico possède cela en commun avec le rêve que le rêve a l'air de nous transporter dans le vague, mais nous transporte dans des lieux bâtis avec les moindres détails d'un style du sommeil.

*

Freud tourne autour de la Sainte Trinité.

*

Le chercheur dort.

*

EXCUSES DES ŒUVRES D'ART

Un soir de chance, je tombai sur le film des frères Marx, ANIMAL CRACKERS. – Harpo ! le petit chiffonnier de la lune, le petit homme de la FLUTE ENCHANTÉE. Il est ce qu'on imagine être la FLUTE ENCHANTÉE d'après l'ouverture, ce que le libretto de Mozart devrait être. Sa perruque rouge, grise au cinéma, de ce gris émouvant sur les figures jeunes, de ce gris des oliviers, du fil de la Vierge... Le petit olivier fou, le petit homme nuage, le petit homme de neige... Harpo! De la minute où il apparut, drapé dans sa cape, son gibus en bataille, avec sa canne dont le pommeau est une trompe de bicyclette, de la minute où je le vis descendre les marches, sa tête molle de tous les côtés, dans le rôle lunaire du *Professeur*, je devins son ami intime. Le saura-t-il? Peu m'importe; Goethe dirait : « Est-ce que cela le regarde ? » C'est le risque de l'art et son excuse. Depuis ce jour, nous ne nous quittons plus [1].

Les amis intimes de Chirico ne se comptent pas. Cela résulte de son éthique. L'esthétique nous forme un public d'admirateurs.

*

Je n'ai jamais rien entendu d'aussi grec qu'un haut-parleur dans le fronton d'une ruine des *Arts décoratifs*; oublié là vivant, après fermeture, il déclamait, à midi, en plein soleil, les cours de la Bourse.

*

La faiblesse d'un artiste est de faire école. S'il fait école, au lieu de rester seul, énigmatique, inviolable en quelque sorte, c'est que son œuvre contenait un élément qui se puisse éloigner d'elle. Chirico ne peut faire école plastiquement. Son influence est d'ordre moral. Plastiquement, elle ne pourrait aboutir qu'au pastiche. Il n'en allait pas de même pour les premiers impressionnistes, cubistes.

---

1. Pierre Roy, bien étonné d'apprendre en 1932 que j'étais son ami de longue date, depuis que j'avais vu *L'allée et le balai*.

*

Jamais on ne juge les actes d'après leurs volumes, leurs perspectives, leurs couleurs, leur puissance de calme ou de foudre. On les juge d'après une conception esthétique du bien et du mal. Car s'il est d'un esthète de juger une œuvre sentimentalement, il en va de même pour les actes, et ce n'est pas : « Il a bien, il a mal agi » qu'il faudrait dire, mais : « Il a agi avec une belle forme, ou avec tel poids, ou avec fausses perspectives, ou avec une couleur trop pâle », et le sang n'est pas toujours chose laide à répandre.

*

Rien n'est admirable comme l'emploi théâtral du sang [1]. Même au cinématographe où l'on utilise l'hémoglobine, j'ai remarqué combien sa marche, qui ne ressemble à nulle autre, était capricieuse, lourde, noble sur une figure, et de méandres particuliers. Dieu ! les Américains suppriment sur les Christ qu'ils achètent chez Seligmann, les merveilleuses mantilles du sang. Par contre je ne pouvais me lasser de cinématographier ses affluents, après le suicide du poète. Je le versais sur la tempe de Rivero. Alors il attendait, hésitait, se divisait, décidait sa route contre la joue et le nez. Parfois après un long détour il imbibait les cils et faisait halte avant de descendre vers la bouche.

Vous êtes-vous coupé la narine, la lèvre, le pouce ? Rien n'étanche cette naissance mythologique de Pégase, cette fontaine de Castalie. N'arrête pas qui veut la

---

1. A Villefranche, en 1926, c'était la mauvaise cire à cacheter qui me fascinait et qui ensanglantait mes objets poétiques.

source chaude qui cherche à échanger notre mort contre
une escapade en pleine lumière.

*

Le jeune machiniste, cuisant sous les lampes triplées
pour le ralentisseur, gardant vingt minutes de l'hémoglobine dans sa bouche sans se plaindre, parce que je lui
avais expliqué que, par ce moyen, l'hémoglobine cesse-
rait d'être un remède qui s'avale, s'incorporerait à lui,
et sortirait avec des bulles et des salives poignantes. Sa
haute probité d'interprète. Pas un de ses camarades n'a
été choqué, n'a plaisanté. Ils étaient émus.

*

Le lycée Condorcet... la cité Monthiers... les boules
de neige.
Je me souvenais *d'un flot de sang* ; en réalité l'élève
avait dû saigner très peu. Il est donc normal que je fasse
couler des flots de sang, que j'interroge l'oracle rouge,
que je montre l'élève pareil au tronc de Méduse endormie d'où le sang jaillissait et devint Pégase.
Il résulte de l'expérience d'une déformation dans le
temps, plus légitime au cinéma qu'une déformation
dans l'espace, que les personnes sensibles détournent la
tête. D'autres trouvent que je commets une faute de
réalisme. D'autres rient comme on riait d'une guitare de
Picasso. Hélas, je crains qu'il n'existe pas encore de
public pour s'émouvoir, comme d'une déformation
hautaine de peintre, d'un épisode où je m'affirme par
une déformation du souvenir.

*

OPÉRA. Je trouvai le titre de mes poèmes à Villefranche. C'était un livre oraculeux. Il fallait ce jeu de mots, une exactitude pédante évoquant aussi du rouge et de l'or. Une loge d'opéra, c'est le trône de Jocaste. Le lustre d'opéra, c'est Jocaste pendue.

*

Je me demande si Chirico ne me soufflait pas pendant que j'inventais à Villefranche-sur-Mer le ton des poèmes qui composent le MUSÉE SECRET D'OPÉRA. Je l'ai pensé en m'écoutant dire : *Le buste, Le théâtre grec*, au gramophone, d'une voix qui n'était plus la mienne et pouvait être celle d'un mannequin de Chirico.

*

Notre époque, malgré ce qu'on croit, n'est pas une époque visuelle. Trop rapide, trop distraite, trop cabrée contre l'individu. Elle ne s'arrête pas au visage. L'expression ne la touche pas. L'amour l'ennuie. Elle est méchante, destructrice. Elle ne vénère que des silhouettes, que des cibles de tir forain.

*

La vulgarité de notre époque éclate dans l'impatience. Un geste répété ennuie. La lenteur énerve. La mort est morte, tuée par le plaisir.

Toutes les grandes races, toutes les grandes époques : leurs danses répètent *presque* le même geste mille fois. Personne n'oserait s'ennuyer, s'en aller. Sens religieux de l'art, sens de la mort. Le sens de la mort est perdu. Jadis on mourait chaque minute. Bien vivre, c'était bien mourir. Aujourd'hui, on supprime la mort ; on l'escamote. Soit on meurt en un clin d'œil d'une mort sportive, soit on ne pense à la mort qu'en mourant. La mort éclaire un chef-d'œuvre. Les gens se désintéressent de l'art parce qu'ils ne s'intéressent qu'à ce qui les concerne, et *la mort ne les concerne pas*. Personne au monde ne croit plus à elle. *On ne meurt plus*. C'était ennuyeux.

Les princes du sans, danseurs au Cambodge. W. leur demande : « Que répétez-vous » ? Ils répondent : « Une danse que nous danserons dans quatre ans ». Voilà le vrai luxe. Le faux luxe consiste à s'ennuyer. Les femmes riches, leur manteau sur les épaules, entrant, regardant debout, sortant sans avoir rien vu et croyant qu'il n'y avait rien à voir. Mondanité maudite ! Dans ma prochaine pièce, Jocaste ne verra pas le spectre de Laïus sur le chemin de ronde : elle vient *pour voir*. Les soldats, eux, qui sont naïfs et qui restent toujours de garde, le voient. Mais la présence luxueuse de Jocaste et de Tirésias les empêchera même de le voir. Ils le verront lorsque les princes seront partis bredouilles.

*

L'air vrai. L'air vrai, c'est le principal. Dans la lettre à Maritain, en note, j'ai fait semblant de confondre la roulette de Pascal avec le jeu de roulette. Je me représentais, à la place du buste de Massenet où les pigeons s'abattent comme des pensées, la statue de Pascal, complice du diable, une effigie du : « Qu'avez-vous à perdre ? » Deux ou trois lecteurs s'en aperçurent, pas davantage.

Les villes inventées par Chirico ont l'air vrai.

*

Le célèbre Œdipe de Scotland Yard considérait en silence des lignes pointillées sur une table, un artichaut et une tête antique en plâtre. Au mur, pendait accroché un gant de caoutchouc pareil à ceux dont les chirurgiens se servent. Mais ce qui déroutait le plus le chef de la police, c'était, à sa droite, une longue perspective bordée d'arcades, au bout de laquelle, rouge, une cheminée d'usine se dressait. On n'avait trouvé personne sur les lieux, personne, âme qui vive. Soudain, derrière lui, quelqu'un prononce : « J'avoue que la perspective... » Il se retourne d'un bloc. C'était le peintre. Il allait dire : « J'avoue que la perspective de voir ma nature morte mêlée à une affaire de police me déplaît beaucoup. »

« Que je suis bête ! », s'écria le chef, et, d'une voix grave : « Je vous arrête ; vous êtes l'auteur de ce tableau. »

*

Cette femme avec une tête aveugle en forme d'œuf rouge, était, on peut le dire, une femme d'extérieur, dans le sens où les maris disent : « Ma femme est une femme d'intérieur » tant le désordre ruineux du paysage était bien tenu autour d'elle.

*

La salle était déjà presque vide. Les housses mises sur les fauteuils, le lustre éteint. Un groupe de spectateurs debout insistaient et réclamaient l'actrice. On leva le rideau. Les machinistes, épouvantés, prirent la fuite, abandonnant parmi des loques d'ombre, des frises à mi-chemin entre terre et ciel, un rocher au milieu d'une chambre, la grande tragédienne, surprise avant d'avoir pu revisser sa tête.

*

La photographie instantanée de la vitesse nous donne l'air de mannequins, d'objets absurdes, nous ôte la vie comme un coup de vent nous arrache notre chapeau. Hebdoméros donne la vie aux objets et aux mannequins. Il leur ôte la mort, par surprise. Il les dénonce, en pleine lenteur.

*

On suppose la lenteur noble des ondes de T.S.F. Celles, par exemple, qui nous apportent les cloches de Londres. Cette lenteur est prise par les infirmes que nous sommes, pour l'instantanéité. Pas même une demi-seconde d'intervalle : Westminster sonne à Londres chez nous.

Pourtant, vous imaginez les lenteurs de la vitesse, de celle que nous avons coutume d'appeler vitesse, de nos vitesses de tous les jours. Et voilà un secret de cet air cocasse des poses de la vitesse morte de mort subite : elle est le ralenti de l'instantanéité. Au reste, il suffit d'être victime d'un accident pour se rendre compte. Du dehors, c'est immédiat. De ma place, dans la voiture qui dérapait à cent à l'heure contre un mur, je voyais le mur approcher avec calme, je repassais toute ma vie.

Pompeï est une émouvante conserve de sinistre brutal. Elle m'aide à expliquer la différence entre Chirico et les autres peintres. Pompeï m'évoquait ces autres peintres par l'entremise d'enseignes, de fresques, de graffiti, même des morts, véritables instantanés en pierre ponce. Mais Chirico, lui, m'était évoqué par le destin de la ville, par ce moulage d'une catastrophe, par ce jeune soleil antique, ce soleil jaune qui marche immobile, comme Gradiva.

*

Une ligne droite ne cesse pas d'être une ligne droite parce qu'elle change de direction.

*

Comme un cheval, la ligne droite a peur du papier blanc.

*

J'étais timide, page 94. Il fallait écrire : Les chefs-d'œuvre sont des alibis.

*

La lune est le soleil des statues.

*

Après sa mort, le saint rayonnait de toutes ses flèches.

*

Il est curieux de se dire que le cubisme, au lieu d'être le début d'un monde où l'art continuerait sa route de plus en plus libre, restera comme témoignage d'un moment amer [1].

*

Il va de soi que toutes les œuvres cubistes de Picasso furent des transformations d'énergie.

*

Darius Milhaud montre à sa vieille bonne une peinture très ressemblante de la grande place d'Aix. « Vous voyez, c'est la place d'Aix ». Réponse : « Je ne sais pas. »

– « Comment ! vous ne reconnaissez pas la place d'Aix ? »

– « Non, Monsieur, parce que je ne l'ai pas encore vue en peinture. »

*

Comment oserait-on jeter la pierre aux critiques pour telle ou telle opinion qui nous révolte, alors qu'il est facile de nous souvenir de l'époque où notre jugement contredisait notre jugement actuel sur toutes choses. Ainsi Maurras me fâchait en méprisant les statues primitives de l'Acropole. Il les appelait « magots » si je ne me trompe, et passait vite afin de s'émouvoir devant un vrai visage. Aujourd'hui, comme je l'approuve ! Je donnerais tous les bergers à barbe cubiste et à sourire

---

1. Lorsque je parle de cubisme, je demande qu'on ne lise jamais : Picasso. Un tableau de Picasso ne saurait être cubiste, pas plus qu'un drame de Shakespeare ne peut être shakespearien.

bêta, pour l'écuyer dont le manteau couvre la bouche et pour son cheval aux nobles veines, pour ces femmes dont les torsades ruissellent au premier plan des collines et dont les nuques soutiennent le temple.

Il n'en reste pas moins vrai que la stylisation par naïveté ne saurait avoir l'odieux de la stylisation par raffinement, et que si l'une nous fâche, l'autre parvient encore à nous émouvoir.

*

Pourquoi les primitifs, les nègres, les sauvages du Laos firent-ils choses si belles ? *C'est parce qu'ils n'en ont jamais vu d'autres.*

*

Faculté d'hypnose, faculté de scandale. La société atteinte dans son œil. Force révolutionnaire du film.

« Haïssez-moi, crevez-moi, arrêtez-vous, arrêtez-moi, c'est laid, c'est atroce », crie le tableau moderne ; mais le public ne bronche pas.

*

De plus en plus fort : Peindre à l'endroit, à l'envers de la toile, sur la tranche, crever la toile, tuer sa mère, son fils, tuer toute sa famille, se tuer. Le monde continue et s'en moque.

*

Moussorgsky disait, un peu avant de mourir : « L'art de demain ce sera les statues qui bougent. »

*

Un tableau inattendu, fût-il couvert de signes obscè-
nes, d'inscriptions sacrilèges, ne soulève aucune colère.
Un film inattendu soulève la colère. Le public, excité,
affolé, douché jusqu'à l'âme, mythifie, invente, suppose, symbolise, sur des riens, sur n'importe quel
prétexte à double, à triple, à quadruple sens. Le moindre
geste fournit un prétexte à déballer l'ordure de son
cœur.

*

Toutes ces âmes de l'élite qui brûlent d'un petit feu
comme le papier d'Arménie, en laissant derrière elles
une mauvaise odeur.

*

Manie de symboliser, manie d'imbéciles.
Le regard ne peut aller droit à l'objet, sans traverser
des miasmes, des couches déformantes [1].

*

La poésie est vérité, simplicité. Elle dépouille l'objet
d'une crasse de symboles, de métaphores, au point de le
rendre invisible, dur et pur. C'est ce qui trompe le
monde tenté de prendre pour la poésie même, pour

---

1. Parlant de mon film le *Herald* déclare que la neige de la
bataille des boules de neige, la neige de mon enfance, veut dire :
cocaïne. Je cite cela comme un chef-d'œuvre du genre, de
bassesse d'âme et de niaiserie.

l'âme, l'animula poétique de certaines personnes ou de certains lieux.

Pour le poète, la poésie est une calamité de naissance. Dès lors, il essaye d'en guérir coûte que coûte. Cette cure lui donne un air aussi peu artiste que possible. N'est-ce pas déjà trop que de temps à autre une sécrétion d'origine morbide sorte de nous comme l'ambre gris des baleines, enrichissant ceux qu'elle embaume avec le souvenir d'une douleur.

*

Une sotte qui colporte un mensonge a plus d'action que la vérité en personne. Le mensonge est la seule forme d'art que le public approuve et préfère instinctivement à la réalité.

Je connais des mensonges, véritables chefs-d'œuvre du genre, contre lesquels la vérité ne put prévaloir, et qui durent toujours.

*

Si l'on me demande : « Qu'avez-vous mangé ? » et que je me trompe dans ma réponse, je rectifierai le lendemain, dût-on me trouver fou, parce que je crois que l'exactitude, même dans le menu, est la base de toute grandeur.

*

Travail de film, travail d'aveugle ; on crève de fatigue, on essaie de ne pas mourir, d'empêcher que l'entreprise ne s'écroule, voilà tout.

Après mon film, Miss Lee Miller était stupéfaite.

« Quoi ! » disait-elle, « J'ai joué, j'ai joué cela ! J'ai joué ce personnage ? C'est moi qui joue ? » Pendant le film, elle dormait, elle s'évanouissait. Je la posais, je mimais à sa place. Je la tournais entre deux prises de vues. Elle ne gardait du film qu'un souvenir d'attendre, assise sur une chaise, d'attendre toujours.

*

Les desseins inanimés de Chirico.

*

1929 se croyait une apogée, quelque apothéose américaine des machines, des gratte-ciel, de la science et du confort. 1930 nous ramène à 1900 : c'est la tête de mort au jeu de l'oie.

Il serait indigne d'attendre que le cinéma se perfectionne. Je n'insiste pas sur les avantages de se servir d'une brosse à dents *le premier*. L'ARROSEUR ARROSÉ ne saurait prendre le ridicule de FORFAITURE, et c'est à ces époques où tout est remis en question que les amateurs de brouettes l'emportent sur les possesseurs de Rolls-Royce.

*

La symétrie est une moitié reflétée. La symétrie est un pléonasme visuel. La beauté est asymétrique. Un visage, un poème asymétriques. C'est ce que j'appelle boiter. Les anges boitent. La beauté boite.

Dans mon film, le nègre Benga devait jouer l'ange. Il se foule la cheville et m'arrive boitant. La scène est bonne parce qu'il boite.

*

Tout s'inspire des films aujourd'hui, même les rois qui tombent, même les foules.

Après sa fuite, le Roi d'Espagne arrive au Meurice. Les journalistes républicains criaient : « Vive le Roi ! » Le Roi chantait : « Paris, je t'aime » au balcon, comme Chevalier. La Reine chantait, à la cantonade, une grande valse triste reprise en chœur par les boîtes de nuit, les sergents de ville, etc. Je n'exagère presque pas [1].

*

Le public amoureux du bien-être souffre déjà des inventions qui chaque jour le bousculent et l'obligent à progresser dans le noir. Il est vrai que ces inventions lui procurent, en échange d'une petite nausée morale, un surcroît de ce cher bien-être sans cesse compromis par le nouveau.

Imaginons maintenant cette méthode du moindre effort aux prises avec les Beaux-Arts et les Lettres que le public considérait comme un luxe et qui, malgré des rires, des révoltes, de moins en moins assurés, deviennent peu à peu une menace.

Il faudra donc que tels jeunes artistes ne s'étonnent pas si leur travail qui, hier encore, intriguait la critique et stimulait le snobisme, provoque du silence, aujourd'hui que snobs et critiques cessent d'y voir un jeu.

---

1. A *Fox movietone*, hier soir : les troupes italiennes défilent sur la marche de PARADE D'AMOUR.

*

Vertu des simples

Il est hors de doute que certaines plantes contiennent des vertus dont la découverte sera l'agrandissement illimité de notre monde réduit par les machines.

Il est possible qu'une plante permette de dévoiler l'avenir, une autre de voir les perspectives, non pas contrefaites, mais telles que des personnes d'une autre dimension que nous les envisagent. On peut supposer un avenir où l'artiste deviendrait une sorte de pharmacien qui mélangerait les simples comme le peintre mélange ses couleurs.

*

De même que le mot « moderne » a changé de sens, que *l'époque moderne* sera une époque entre 1912 et 1930, la recherche et la trouvaille datent, en ce sens que la recherche est une esthétique. Une trouvaille serait-elle surprenante, jamais vue, elle n'en date pas moins, car elle résulte d'une recherche, donc d'une esthétique périmée.

*

Sans les vitrines, les affiches, les music-halls, les magasins, les magazines, la beauté nouvelle vieillirait lentement et mal. Là, prostituée encore jeune, elle crève vite et cède la place. En vertu de ce principe, il n'est pas impossible de voir bientôt une scène de meurtre servir de prétexte dans une vitrine pour mettre en montre des meubles, un lit, du linge, une robe du soir.

Le snobisme précède de peu la vitrine. La vitrine sanglante ne nous est-elle pas annoncée par la vogue américaine du murder party.

*

La poésie peut avoir l'air d'être le comble du luxe. Mais sa nécessité inconnue se dénonce par le fait qu'elle hante les âmes les plus dures, les plus inaptes à se laisser hanter.

Combien de critiques entassent des poèmes dans un tiroir. Que l'époque soit aux actes (révolution), alors la critique se hausse à l'extrême et la guillotine supplante l'écritoire. Ce dépit insupportable de n'être pas poète crée un lyrisme, une sorte de poésie active et destructive dont Saint-Just reste l'exemple. Son mot dans la chambre de Robespierre : « Chénier ? Un poète ?... Inutile... A mort ! » serait superbe si celui qui le prononce ne cachait pas des poèmes dans sa poche. C'est le chef-d'œuvre du *mot de confrère.*

Cette forme de haine jalouse éclaire beaucoup de persécutions incompréhensibles. Chez certaines natures, j'ai vu le désespoir de n'être pas poète aboutir au suicide.

*

Vulgarité des premières places. Il n'y a que des places à part.

*

Les premiers grands rag-times (1918) furent l'œuvre de musiciens russes chez les nègres de Harlem, à New

York. Le rythme intraduisible de Pouchkine ne vien-
drait-il pas du sang noir [1] ?

*

PANEM ET CIRCENSES

La crise financière sauvera les grandes firmes en ba-
layant les petites. Il en va de même des livres mineurs
qui ne peuvent plus paraître. Ceux qui achetaient nos
livres comme jeux du cirque cèdent la place à ceux qui
les achèteront comme du pain.

*

Barbette s'exhibe sur la piste du cirque Médrano. La
piste lui enlève certains prestiges et lui en ajoute
d'autres. Il est très près, mais le tapis blanc, les projec-
teurs, les ombres et pénombres, les lumières tourterelle,
soulignent son vrai personnage. Chez Barbette, l'acro-
bate est un prétexte. Ce qu'il fait, tous les gamins de
New York le font. Aussi, son triomphe reste-t-il lettre
morte pour le personnel du cirque. Il le scandalise.
Quoi ? Ma femme peut... Mon fils peut... Ma fille peut...
Alors ? Le tour de cartes électrique leur échappe. Ils se
pressent, en peignoir-éponge, à la porte des écuries. Ils
écoutent, les yeux ronds, les rappels de l'androgyne.

A Médrano, l'espace qu'il doit parcourir pour saluer,
après l'aveu de son sexe, oblige Barbette à soigner
beaucoup son rôle d'homme. Il imite des saluts
d'écuyer, de boxeur, de gladiateur.

---

1. Rythme intérieur sans doute, ne profitant ni d'une langue
musicale, ni du sens des mots. Aussi peu russe que possible.

*

Le poète déclasse tout, et devient classique. Barbette singe la poésie, c'est en quoi il nous charme. Car ses exercices ne sont pas périlleux. Son afféterie devrait nous être insupportable. Le principe de son numéro nous gêne. Alors? Reste cette chose déclassée qui remue sous les lumières.

*

Travestis inquiétants. Le sexe surnaturel de la beauté. Acteurs de Shakespeare, acteurs de Chine. Machinistes de MERCURE déguisés en Grâces. Barbette en Eloa.

*

Travesti en ville, imitant la peinture, Chirico !

*

Il semble bien que le public considérait la poésie avec indulgence parce qu'il la croyait synonyme de mensonge. Depuis Baudelaire, le poème est suspect. Le public redoute la poésie au fur et à mesure qu'il découvre qu'elle cachait sous les apparences flatteuses du mensonge, une des formes les plus gênantes de la vérité.

*

Sur plus d'un point, Chirico ressemble à Racine. Il en accompagne la pompe, l'unité de temps, de lieu, de lumière dirai-je, et de mort. Comme le dramaturge achetait des recettes chez la Voisin, le peintre semble tenir d'une envoûteuse italienne ses fétiches et ses signes : fruits, légumes, gants, plâtres, mannequins, emblèmes dont il use pour faire triompher sa gloire.

*

Chirico empoisonne par l'envoi de gants, de biscuits secs, de bobines, de légumes, de masques de plâtre. Il arrive même à ce peintre d'employer prudemment certaines rainures de parquet, certaines dispositions d'angles, certaines rues désertes, certaines statues en bronze de personnages politiques tournant le dos.

*

Le masque de plâtre, intérieurement enduit de poix, comme l'employaient les résurrectionnistes.

*

A la Comédie-Française j'aimais parcourir un labyrinthe de couloirs, de péristyles, de parquets, de magasins de meubles inquiétants, de cheminées de carton, de balustrades, candélabres, draperies peintes, bustes... « Oui, pensais-je, c'est avec un silence pareil aux *Madame...* des personnages de Racine, à ses rimes qui sont des temps de verbe exténués, à ses nobles ruses, que doivent correspondre entre eux les mannequins de Chirico. Ses mannequins avec ses cheminées d'usines, ses ombres portées avec ses statues d'hommes illustres, ses bobines avec ses équerres, ses flotteurs de liège avec ses gants. »

*

Somme toute, c'est aussi Molière que Chirico m'évoque. Quels décors pour des conciliabules de farces cruelles ! Je pense à ce quelque chose de fou, de dur, qui sauve Molière du bon sens français, qui l'apparente aux trompe-l'œil du clair de lune. Ses marquis, ses soubrettes, ses amoureux, ses dupes, parlent dans la rue vide où se taisent les accessoires de Chirico.

*

C'est ce Molière invisible à ses contemporains, quoiqu'ils dussent en ressentir les vertus d'eau ferrugineuse, que décorerait idéalement le Picasso de MERCURE. On imagine AMPHITRYON avec le prologue de cette nuit couchée !

*

Les pommes de Chirico n'ont rien à faire avec les pommes de Cézanne ou de Renoir. Elles relèvent de la table des Médicis, des vergers suspects de Florence. L'œuf de Chirico non plus n'est pas l'œuf de Chardin ; c'est l'œuf de Tom Tit, de Christophe Colomb.

*

Je connais des toiles de Chirico qui se déplurent chez les personnes qui les possédaient et dont certains attributs partirent. Chirico refuse toujours de les repeindre.

*

In vultus ? non. Chirico envoûte avec des voûtes ;
c'est l'A B C de l'envoûtement.

> Les statues
> Vivent,
> Les perspectives
> Tuent.

*

Ici, l'usine sans cœur, la géométrie, la Renaissance,
les deux antiquités, complotent.

*

Que de personnes innocentes, ensorcelées, poussées
sournoisement, comme une pièce d'échec, jusqu'au
suicide, par des objets, des meubles, des murs, des
proportions, des courbes, des papiers, des rideaux, des
corniches, une lampe, un lit redoutables sur lesquels
leur œil se pose chaque jour sans même les apercevoir.

*

A moine d'être un amateur d'art moderne, un coup
d'œil sur les toiles déchirées de Chirico, entassées dans
l'arrière-boutique de Paul Guillaume, suffisait à rendre
une chose évidente : le choix de ces décors et de ces
objets n'était pas d'ordre sensuel, ne venait pas d'un
goût du contraste ou de l'assemblage. Il ne s'agissait ni
de plaire ni de déplaire. Telle peinture me semblait un
rébus, tel un oracle, telle une charade, telle une ensei-
gne de droguiste, telle une cible que le tireur devrait
toucher à d'autres époques et en d'autres lieux.

*

Combien d'hommes profondément distraits pénétrèrent dans des trompe-l'œil et ne sont pas revenus.

*

Les Médicis avaient leurs astronomes, leurs alchimistes, leurs peintres de perspectives.

A Florence, il n'est pas rare qu'on découvre un ou plusieurs squelettes derrière une perspective, dans l'épaisseur des murailles démolies.

*

Peindre à la fresque. Feindre à la presque.

*

La Renaissance employait la perspective aux mêmes fins que l'envoûtement et que le poison. C'est pourquoi tant de princes entretenaient des peintres et les attachaient à leur personne. Le théâtre de Vicence nous reste comme témoignage d'une de ces vastes machines qui coûtaient souvent des fortunes et provoquaient la mort sans laisser de traces.

Combien de malheureux, attirés par quelque rendez-vous, s'engagèrent dans le méandre de ce redoutable chef-d'œuvre, rapetissant, disparaissant à vue d'œil, ne se rendant même pas compte du genre de piège dont ils étaient les victimes.

*

À LA LÉONARD

Pour attraper l'ours, bâtis une cour de sept pieds sur huit. Fais-la peindre en noir, fais tendre une toile sur cette cour. Après la pluie, fais poser contre un des murs un jeune homme et une jeune femme enlacés, aux cheveux épars. Mets sur le visage de la jeune femme un sentiment de détresse qui se lise dans la courbe des sourcils et dans l'arc de la bouche, sur le visage du jeune homme, un sentiment de dédain, de beauté froide. L'ours entrera ; il voudra d'abord marcher sur le groupe, mais il s'arrêtera, il grognera, et il se roulera aimablement sur les pavés de ta cour.

*

RECETTE

Voici pour réussir un poème les règles :
En cygnes quelquefois se déguisent les aigles ;
Essaye de surprendre un cygne noir, cassant
De son bec l'œuf d'où sort un héros de son sang,
Fraternel, double, peint par quelque maniaque,
Jeune signe promis aux feux du Zodiaque.

*

Paolo di Dono vivait enfermé depuis deux mois dans une petite cellule au rez-de-chaussée d'une maison modeste. On lui louait la cellule, et on posait sa nourriture sur le bord de la fenêtre. Ses amis, ironiques, disaient : « Paolo nous réserve encore une de ces surprises qui ne concernent que lui, où son art s'exténue ».
Un jour, au crépuscule, il ouvrit la fenêtre, et appela

un gamin qui jouait. Il venait de peindre un trompe-l'œil ; on voyait un cloître, bordé à gauche par un mur, à droite par des arcades.

Le gamin entra et regarda, surpris par ce cloître dont il ne soupçonnait pas l'existence. Paolo tenait une pelote de fil comme celles qui attachent les cerfs-volants. « Tu vas, dit-il, prendre ce fil, courir de toutes tes forces jusqu'au bout de ce cloître, tourner à droite et revenir à ton point de départ. Ne lâche pas le fil, je dévide. »

Excité par le jeu, le gamin s'élança dans le mur, pénétrant, *purement et simplement* le mensonge. « Halte ! » cria l'oiseau cruel comme la victime de son expérience arrivait à l'angle des arcades. Le coureur stoppa, perdit l'équilibre, s'immobilisant dans une de ces attitudes violentes où les photographes pétrifient la vie.

Paolo, le cœur battant, s'approcha, constata que l'image de l'enfant était plate, retoucha ce qui permettait de l'identifier et de le rendre suspect. Après ce travail, il coupa au ras de la fresque le fil qui sortait du mur. Le fil tendu dans l'œuvre dérangeait ses perspectives. Il le gratta et le maquilla.

Le lendemain, il convoqua le groupe d'incrédules. « Certes, lui dit Francesco, ce trompe-l'œil est de premier ordre, et je m'y laisserais prendre. Tout pipe mon âme, sauf ce gamin qui se retourne. C'est lui qui paraît trompé par je ne sais quelle faute de tes calculs et cet air trompé qu'il a empêche qu'on se trompe sur le reste. »

*

Pliez une feuille en éventail ; pressez les plis, trouez le tout d'une épingle. Otez l'épingle, dépliez, repassez jusqu'à ce que les plis disparaissent, demandez à quelque campagnard s'il est possible que ces nombreux trous espacés résultent d'un seul coup d'épingle.

*

Les villes théâtrales de l'Italie théâtrale ne possèdent pas de théâtres, sauf l'opéra, faute de public. Villes d'acteurs ; le spectacle se donne dans la rue.

Chirico, l'homme de théâtre italien type, refoulé par le bel canto, s'exprime ailleurs : à Paris, en grec, sur des toiles, comme les gangsters, tous italiens, expriment, en Amérique, l'Italie refoulée par les vertus militaires du fascisme, l'Italie de Machiavel, de la Renaissance, du sang, des assassinats, des cottes de mailles, des spadassins, des poisons, des coups d'audace et de ruse.

*

Je venais d'écrire à Chirico afin de savoir le titre d'un tableau que je possède, et il venait de me répondre : « Si vous voulez, *Vendredi Saint*, mais ces titres abracadabrants sont l'œuvre de poètes plus royalistes que le roi », lorsque je m'aperçus que nous étions la veille du Vendredi Saint. Le soir même, seul dans ma chambre, j'eus la certitude que le tableau agissait, qu'il se passait quelque chose d'anormal dans ce tableau qui me trouble toujours, bref, qu'il s'y donnait une fête. Si vous préférez, que les personnages infiniment plats dont parle Poincaré, circulaient entre les pilastres.

*

Les lecteurs épris de pittoresque surnaturel doivent laisser ce livre. Je ne consigne que des faits et quel que soit mon goût pour Andersen, j'évite systématiquement le conte.

*

Le chef-d'œuvre est un piège, le sujet un morceau de sucre. Piège en ce sens que l'œil, une fois pris, ne sortira plus ou sortira blessé pour toujours.

*

Le piège catholique ? Il existe. Mais peut-on en vouloir à ceux qui le tendent ? Ils veulent nous enfermer dehors.

*

La force de la France, c'est d'être un pays sans folklore, une place publique où le rythme national n'entraîne personne. Les grands artistes français sont étrangers : Picasso, Chirico, Stravinsky.

*

Le diable joue aux cartes, c'est connu. Il y joue mal, c'est très connu. On peut l'y battre. La légende est pleine d'exemples indiquant ce défaut de sa cuirasse d'archange. Comme son orgueil se refuse à reconnaître qu'il joue mal, le premier soin des hommes qu'il préoccupe sera de l'entraîner sur ce terrain.

*

Prodiges. Les distractions de la nature, ou, plus exactement, ses courts-circuits.

*

Un berger d'Ecosse, bousculé, déshabillé par la foudre, se retrouve tout nu, avec, sur sa poitrine, la photographie d'une jeune fille. *(Times)*.

*

Un autre berger, des Landes (1926). Après avoir été frappé par la foudre, il voyait à travers les murs.

*

Surnaturel hier, naturel demain.

*

A Bin-Hounien, les petites princesses nègres empalées sur le sabre des jongleurs du roi. Seabrook en témoigne avec malaise.

Dites, cher Seabrook, si depuis des siècles, au lieu de pencher le monocle de Bourget sur la psychologie ou rapport des hommes entre eux, l'Europe se penchait, comme ces noirs, sur la chimie profonde, sur les rapports entre eux des fluides et des atomes, peut-être bien que trouer des chairs avec un sabre et ne pas les désorganiser plus que le mercure ou que l'eau, nous paraîtrait naturel comme cette méthode permettant aux dramaturges de *finir bien*, aux blessures morales de cicatriser sous l'influence d'un sourire.

Les petites négresses qui sortent intactes de l'enclos, après avoir été trouées de part en part, ce n'est pas autre chose que le dénouement heureux d'un désordre organique, un conflit de chairs qui s'arrange, au lieu du dénouement d'un désordre superficiel de l'organisme.

Je souligne, en passant, le plus drôle. L'homme reste incrédule et cependant il juge ce désordre physique méprisable. Il ne s'étonne pas qu'un désordre qu'il trouve profond, noble, ne laisse aucune trace. Veuves consolées, etc.

Une mauvaise nouvelle nous donne la jaunisse, la névrite. A la Salpêtrière, on provoque les stigmates. Un grand dramaturge nègre (le jongleur) montre un corps endormi – 1ᵉʳ acte – Dérange ses éléments – 2ᵉ acte – Remet ses éléments en ordre – 3ᵉ acte. Dénouement.

Il est curieux que l'Europe ne sache pas qu'on peut endormir les esprits dont l'homme est fait aussi bien que *son esprit*.

La vérité sur tout cela c'est que l'européen place son corps très haut et récite avec Jules Lemaitre cette prière dégoûtante : « Mon Dieu préservez-moi de la souffrance physique ; pour la souffrance morale je m'en charge. »

Les Orientaux, les Noirs, supportent les supplices parce que, chez eux, la force d'âme commande aussi la forme de l'âme, c'est-à-dire le corps. Les Aissaouas qui dansent poignardés, les fakirs ensevelis, traversés d'aiguilles, font preuve de force d'âme orientale. Notre manie de comprendre ne nous laisse dormir que d'un œil. Or, tout est une question de sommeil. Sommeil des plantes, des bêtes, des fakirs, des Vaudou.

Les princesses de San Dei dorment, mais elles dorment de fond en comble. Le sabre qui les traverse traverse mille petits dormeurs qui dorment de fond en comble, qui ne le savent pas, qui s'écartent, et qui reviennent à leur place primitive sans s'être aperçus de rien.

Ne pas confondre les anesthésies locales, qui ne sont du sommeil que par rapport à notre esprit, avec ce sommeil spirituel de la matière.

*

Un peuple encore plus savant ou plus naïf, c'est selon, pourrait couper un arbre et montrer cet arbre intact, une minute après. Hélas, l'étude séculaire des esprits végétaux ne porte encore que sur la médecine.

En Europe la curiosité cesse en face des problèmes graves. Elle n'existe que pour les secrets d'autrui.

*

Un jour on fouillera le silence. Les archéologues arracheront au vide grec un lambeau de fanfare, un cri atroce, des rires moqueurs. Le bronze répétera ce qu'il enregistre depuis des siècles. Les statues deviendraient parlantes. Il en émanerait des musiques, des phrases chuchotées imprudemment auprès d'elles.

*

Tout un style de notre époque attendait son type dans cette phrase de Baudelaire : « La mortalité s'abattait joyeusement sur les hôpitaux. »

*

Le neveu de Boris, collégien de seize ans, habite un hôtel du Quartier des Ecoles. Un jour qu'il allait à la Sorbonne, il rencontre, dans le vestibule, une jeune fille très pâle qui l'aborde :

« Pardon, Monsieur, vous êtes jeune et vous ne me refuserez pas un service. C'est une question de vie ou de mort. Voulez-vous avoir l'obligeance de remonter jusqu'au troisième étage. Vous frapperez à la chambre 27, et vous viendrez me dire si le monsieur qui l'occupe s'y trouve. Si la chambre est vide, je sais ce qui me reste à faire... Je n'ai pas le courage de voir. »

Le jeune homme remonte, très gêné, très bouleversé. Il frappe au 27. Silence. Il ouvre. Personne. Il descend et rapporte le résultat de son enquête. La jeune fille devient alors affreusement pâle et dit : « C'est bon. » Elle hésite une seconde, et disparaît.

L'élève, ayant oublié un livre, remontait lentement, au dernier étage, lorsque passant au troisième, il vit le monsieur du 27 sortir des W. C. et rentrer chez lui.

*

Un simulateur qui invente ses rêves nous renseigne autant que si ses rêves étaient vrais. Les intrigues qu'il invente éveillé le dénoncent aussi bien que les intrigues qu'il invente endormi. De même l'écriture fabriquée renseigne le graphologue : 1° par le fait qu'elle se déguise ; 2° par le négatif des signes qu'elle évite de laisser voir.

*

La femme-tronc de Luna-Park. Elle était le monstre à la mode. On se pressait autour de son socle, la tête en l'air, comme Œdipe. Les lectrices de Freud l'interrogeaient sur ses rêves. Le raffinement n'eût-il pas été, par un système de miroirs comme celui grâce auquel

sont obtenues les exquises femmes-troncs des parades
foraines, de montrer cette femme-tronc avec des jambes ?

*

La muse du poète se livre parfois sous forme d'un
corps fait avec deux chiens mis dos à dos par l'amour
de telle sorte que ses moindres mouvements déchirent
le milieu et arrachent une plainte ailée.

*

Presque toujours, dans les usines, sur les bateaux de
guerre, bref dans les endroits les moins en désordre, il
existe une petite chambre qui est le cerveau du bâti-
ment, où travaille un homme seul, et qui, par son aspect
de bric-à-brac malpropre, par son inconfort sensible,
ressemble aux endroits où travaillent les peintres, les
poètes. Chambres qui n'ont que faire avec l'atelier ou le
studio. Le génie les meuble de ses mécanismes d'un
sou, de ses poussières sacrées.

*

Si je me fixais, si je logeais mon mal, si j'habitais
une maison, je la voudrais solide, susceptible de prendre feu.
Au réveil sinistre, une cheminée animerait des livres
de cuir et d'or, des velours rouges, des moulures
comme la barbe des pélopides ; je voudrais des meubles
bombés, des frontons grecs, et, faute d'un lustre plus
solennel qu'un navire à l'ancre, ce bouclier d'Achille,
centre des plafonds, et dont notre œil mal ouvert,

épouvanté de revivre, interroge les attributs prophétiques.

*

LES TROMPETTES DE CHIRICO

Le monde se vide à vue d'œil. Qu'y a-t-il aujourd'hui ? Une fête nationale ? Non. A vrai dire, c'est le jugement dernier.

*

N'est pas efféminé qui frise. La force frise. Tout est crépu autour des sources, autour des endroits qui fécondent, qui sont fécondés. Le sexe frise. Les nombreuses joues froides et frisées de la rose. L'ennui des surfaces plates. Les muscles, les ressorts, les nœuds de vipère sur le chef d'Hermès, d'Achille, d'Antinoüs, de Méduse. Les bouclettes des grandes dames criminelles : Agrippine, Clytemnestre, Cassandre. Les calembours bouclés de l'oracle. La Grèce frise, la mer frise, le marbre frise, la colonne frise, l'or frise : la Toison d'Or.

Les frises frisent et leurs cheveux sont des chevaux. La fourrure en pierre des moutons. Les ruines, que les siècles et l'eau de pluie ne défrisent pas.

*

Au noble jeu des rébus, sans parler des nuages, on trouverait vite le cheval cabré qui se cache dans les profils d'Alexandre et les moulures de la mer dans les perruques et les mobiliers des siècles morts, et mainte autre chose vivante et inquiétante dans tout ce qui frise, et tout ce qui boucle, autour du visage solennel de la beauté.

*

Minerve debout dans le chiffre 7.
Minerve assise dans le chiffre 4.
Mercure brandissant gaiement le chiffre 8.

*

Nous fûmes dépités par le Forum. Quel désordre ! C'est le désordre d'une chambre après la visite des cambrioleurs. Tiroirs, tables, meubles brisés, de tous styles, pendules arrêtées à l'heure du crime, un bougeoir, un litre vide, des verres sales... Le coffre ouvert... On a emporté le trésor. J'ai retrouvé cette impression en voyant les ruines que Chirico place dans une chambre Louis XVI. Mais le trésor était là.

*

SOURCE DES MYTHES

A Calvi, le bagne maritime, un fruit d'aloès que les marins disciplinaires rapportent, en cachette, de la corvée de vignobles. Le fruit circule de lit en lit. On le surnomme : *la femme aux cheveux verts*.

*

Le silence et les lieux que notre peintre imite,
Sont scrupuleusement par sa main copiés,
Sur la cire vierge où le mythe
Laisse l'empreinte de ses pieds.

*

L'humanisme de l'art grec. Cette tendance inhumaine de la mémoire à boursoufler explique le cri de Barrès sur le bateau : « Quoi ? ce petit temple !... » Petit, bien sûr, et c'est pourquoi il est naturel de voir, dans une chambre, des ruines de Chirico.

*

TEMPLES GRECS

Pour l'architecte, il s'agissait d'un problème vital : ne pas couler à pic, tenir les siècles comme la mer, arriver coûte que coûte, démâté, dévoilé, environné d'épaves, de membres nus et de corps sans tête, mais avec, intacte, la cargaison.

Voilà pourquoi ces modestes bâtiments excitent notre curiosité historique, comme les navires notre curiosité géographique. Au reste, leur taille importe peu, à tel titre que les ex-voto ou modèles de frégates, ne perdent aucune grandeur à être réduits.

Maquette de navire dans une chambre. Les ruines d'un temple de Chirico ne nous étonnent pas plus dans un salon où elles paraissent naturellement apportées du fond des âges par la houle des moulures Louis seize.

*

La Grèce était aveugle de face. L'Egypte regardait en face de profil.

*

La Grèce, petite et sacrée,
Son profil aux chiffres pareil,
Entièrement à la craie
Sur le tableau noir du soleil.

Athéna aux yeux de bouc,
Aux armes de sauterelle,
Passe la main dans les boucles
D'un temple debout près d'elle.

Pélops ! statues faites avec
L'écœurant cadeau de Persée
A Pallas, jamais transpercée
Sauterelle du sable grec.

*

La beauté sort de sa tanière. Une femme portant un temple sur sa tête tourne le dos à l'homme et contemple le paysage. Elle est aveugle. C'est ce qui donne au linge tordu de sa chevelure cette existence printanière. C'est ce qui donne au paysage cette impudeur de dormir écartelé sans chemise et d'avouer ses rêves par l'entremise d'une colonne charmante debout au milieu d'un petit bois.

*

Quand l'architecture progresse et plante un décor simple, la psychologie se complique et remue des boues profondes. Bientôt, nous verrons l'inceste, le parricide, dissimulant une beauté ambiguë derrière la colonne grecque et la cheminée d'usine, sa sœur.

*

Sait-on si l'engrenage que forment avec le vide les cannelures des colonnes grecques n'entre pas pour quelque chose dans le mouvement rotatif qui les fait parvenir jusqu'à nous.

*

Le Dieu montait en ligne droite, avec sa lyre en forme d'aimant attirée par les minéraux des étoiles.

*

Les dieux doivent, pour apparaître, adopter l'aspect conventionnel que leur prêtent les artistes. Ce qui étonne, c'est la fable qui trouve un type leur permettant de passer de l'inconnu au connu sans déchoir.

Certains gardes moururent pour avoir surpris Minerve en train de devenir Mentor, et vice versa.

*

Les statues dorment sous la terre
L'étrange sommeil animal ;
L'homme, haïssant le mystère,
Ne sachant faire que le mal,
Dérange cette économie,
Et sous le prétexte du beau,
Il arrache de leur tombeau
Des divinités ennemies.

*

A Colone, Œdipe racontait : « J'ai fait cela. Je restais au beau milieu de la chambre ; mes yeux ne pouvaient soutenir l'éclat dégoûtant de ce lustre. »

*

La voiture de déménagements transportait sur les hauteurs de Sparte une salle à manger complète, payable à terme aux magasins : Les Ruines de l'Avenir.

*

« Fermez les portes, reculez tous, » criait Schliemann, rouge d'orgueil. Il voulait jouir seul du sacrilège de Mycènes. Les gonds sautèrent. « Haut les mains ! » Les ouvriers virent l'archéologue les mains hautes. Après, ce fut rapide ; une de ces espiègleries monstrueuses de la foudre ; la catastrophe en pleine course de quelque magnifique manège à vapeur ; un éclair de magnésium, une avalanche de croupes, de crinières, de poitrails, de figures de proue, de miroirs, de carrosses, de chars à bancs. Une grande voix de capitaine dominait les autres : « Venez, venez vite ! » – « Mon sceptre ! » – « Alors, allez le prendre, dépêchez-vous ! », et déjà, l'avalanche remontait au ciel avec le moutonnement architectural qui couronne l'explosion d'une poudrière. On n'aurait pas pu compter jusqu'à cinq entre ce désastre de vieilles cabines, de planches, de détritus, d'oripeaux, et la minute, après l'ordre d'Agamemnon, où l'archéologue s'était trouvé seul en face des Atrides, debout, immenses, ironiques, masqués d'or.

*

Que ce droguiste (Schliemann) n'a-t-il ramassé la poussière de Pélops, cette poudre instantanée faite du roi des rois et de son escorte. Il aurait pu retourner à son comptoir et vendre la plus extraordinaire des drogues ; la poudre d'or qui rend incestueux, parricide, immortel.

*

Les vestiges du modern-style m'évoquent la tête d'Orphée et la tête de Méduse. L'une charmant les reptiles de l'autre.

Orphée se souvient que du sommeil atrocement interrompu de la Gorgone, le cheval qu'il aime prit son vol.

*

Le sourire aplati d'un boxeur, le Parthénon maintenant l'a. Le nez cassé d'un boxeur, maintenant le Parthénon l'a. Maintenant, le Parthénon, le sourire d'un boxeur au nez cassé, l'a. Le sourire maintenant aplati d'un boxeur au nez cassé, le Parthénon l'a.

*

Il faut attribuer bien des crimes impunis aux statues. Le sommeil des animaux, des fakirs, des statues. Les fakirs s'avalent la langue, les statues se révulsent les yeux. Au réveil, elles sont capables de tout.

*

Les miroirs feraient bien de réfléchir un peu plus avant de renvoyer les images.

*

Tout est bien qui finit mal.

*

Je sors bouleversé du récit de Michel Vieuchange, mâché, broyé, recraché en 1930 par le Rio del Oro et Smara, la ville fantôme. Ah! l'inoubliable photographie du retour après celle du départ. Quel portrait du bagne, quelle figure de poète mort égale cela? Un regard qui nous regarde *et qui voit la ville*. Avec le spectacle bref d'une ville morte, un jeune homme robuste échange sa vie. Pouvait-il payer plus cher un caprice, que dis-je? une obsession.

Le regard! On n'en parle jamais assez. Le regard des portraits reflète les inquiétudes de leurs époques. Il brûle d'un feu sombre ou glacial. Tant et si bien il reflète, que déjà, chez Cézanne, une taie irisée se forme sur l'œil, tourné davantage vers sa mise en place et son iris que vers des problèmes intérieurs. Ensuite, la taie augmente jusqu'à Picasso chez qui les objets regardent et dont les natures mortes commencent à vivre d'une vie singulière.

Avec les jeunes dont je parle, le regard humain retrouve ses droits. Il flambe et renseigne.

Cependant, au beau milieu de cette foule de regards significatifs et d'objets qui marchent, au beau milieu de cette émeute obéissante qui entraîne la jeunesse, émeute que, de longue date, je remonte à contre-courant, jouant des coudes et des épaules – au beau milieu, dis-je, de cette cohue mythologique, nous vîmes Georges de Chirico, lâcher, d'une main sournoise, quelques aveugles assez terribles.

FIN

TABLE

Quelques Cahiers Rouges...

Anthologie : *Napoléon raconté par ceux qui l'ont connu*
Bazin Hervé : *Vipère au poing*
Beerbohm Max : *L'Hypocrite heureux ▪ Les Impostures de l'histoire*
Berl Emmanuel : *Les Impostures de l'histoire*
Besson Patrick : *Les Frères de la consolation*
Bukowski Charles : *Au sud de nulle part ▪ Factotum ▪ L'amour est un chien de l'enfer t1 ▪ L'amour est un chien de l'enfer t2 ▪ Le Postier ▪ Souvenirs d'un pas grand-chose ▪ Women ▪ Contes de la folie ordinaire ▪ Hollywood ▪ Je t'aime, Albert ▪ Journal d'un vieux dégueulasse*
Burgess Anthony : *Pianistes ▪ Mais les blondes préfèrent-elles les hommes ?*
Doubrovsky Serge : *Le Livre brisé*
Dreyfus Robert : *Souvenirs sur Marcel Proust*
Fernandez Dominique : *Porporino ou les mystères de Naples ▪ L'Étoile rose*
Fernandez Ramon : *Messages ▪ Molière ou l'essence du génie comique ▪ Proust ▪ Philippe Sauveur*
Frank Bernard : *Le Dernier des Mohicans*
Funck-Brentano Frantz : *La cour du Roi-Soleil*
Girard René : *Mensonge romantique et vérité romanesque*
Groult Benoîte : *Ainsi soit-elle*
Ingres : *Écrits sur l'art*
Isherwood Christopher : *Adieu à Berlin ▪ Mr Norris change de train ▪ La Violette du Prater ▪ Un homme au singulier*
Kessler Comte : *Cahiers, 1918-1937*
Laurent Jacques : *Croire à Noël ▪ Le Petit Canard ▪ Les sous-ensembles flous ▪ Les dimanches de Mademoiselle Beaunon*
Levin Hanokh : *Popper*
Loos Adolf : *Comment doit-on s'habiller ?*
Malaparte Curzio : *Technique du coup d'État ▪ Le bonhomme Lénine*
Monzie Anatole de : *Les Veuves abusives*
Mutis Alvaro : *La Dernière escale du tramp steamer ▪ Ilona vient avec la pluie ▪ La Neige de l'Amiral ▪ Abdul Bashur ▪ Le dernier visage ▪ Le rendez-vous de Bergen*
Naipaul V.S. : *Le Masseur mystique ▪ Crépuscule sur l'islam ▪ Jusqu'au bout de la foi ▪ L'Énigme de l'arrivée ▪ La Moitié d'une vie ▪ Les Hommes de paille*
Nucéra Louis : *Mes ports d'attache*
Pange Pauline de : *Comment j'ai vu 1900 ▪ Confidences d'une jeune fille*
Proust Marcel : *Albertine disparue*
Reboux Paul et **Muller** Charles : *A la manière de...*
Saint Jean Robert de : *Journal d'un journaliste*
Schoendoerffer Pierre : *L'Adieu au roi*
Twain Marc : *Quand Satan raconte la terre au Bon Dieu*
Vonnegut Kurt : *Galápagos ▪ Barbe-Bleue*
Wittig Monique et **Zeig** Sande : *Brouillon pour un dictionnaire des amantes*
Zweig Stefan : *Brûlant secret ▪ Le Chandelier enterré ▪ Erasme ▪ Fouché ▪ Marie Stuart ▪ Marie-Antoinette ▪ La Peur ▪ La Pitié dangereuse ▪ Souvenirs et rencontres ▪ Un caprice de Bonaparte*

www.ingramcontent.com/pod-product-compliance
Lightning Source LLC
LaVergne TN
LVHW051238060726
842526LV00013B/2982